世界三大短篇小说集

欧·亨利
短篇小说选

Selected stories of O. Henry

[美]欧·亨利 著　博雅 译注

哈尔滨出版社
HARBIN PUBLISHING HOUSE

图书在版编目（CIP）数据

欧·亨利短篇小说选 /（美）欧·亨利著；博雅译注 . -- 哈尔滨 : 哈尔滨出版社 , 2025. 1. --（世界三大短篇小说集）. -- ISBN 978-7-5484-8203-1

Ⅰ . I712.44

中国国家版本馆 CIP 数据核字第 20242EH368 号

书　名：**欧·亨利短篇小说选**
OU. HENGLI DUANPIAN XIAOSHUO XUAN

作　者：[美] 欧·亨利　著
译　者：博　雅　译注
责任编辑：李维娜
封面设计：仙　境
内文排版：张艳中

出版发行：哈尔滨出版社（Harbin Publishing House）
社　　址：哈尔滨市香坊区泰山路 82-9 号　　邮编：150090
经　　销：全国新华书店
印　　刷：三河市刚利印务有限公司
网　　址：www.hrbcbs.com
E-mail：hrbcbs@yeah.net
编辑版权热线：（0451）87900271　87900272
销售热线：（0451）87900202　87900203

开　本：880mm×1230mm　1/32　　印张：19　　字数：440 千字
版　次：2025 年 1 月第 1 版
印　次：2025 年 1 月第 1 次印刷
书　号：ISBN 978-7-5484-8203-1
定　价：118.00 元（全 3 册）

凡购本社图书发现印装错误，请与本社印制部联系调换。
服务热线：（0451）87900279

目录
Contents

最后一片叶子 // 001

麦琪的礼物 // 010

爱的奉献 // 018

索利托牧场的卫生学 // 026

活期贷款 // 044

警察与赞美诗 // 052

剪亮的灯 // 062

婚姻手册 // 078

失败的假设 // 094

寻宝记 // 110

财神与爱神 // 123

骗术和良心 // 131

失忆症患者逍遥记 // 138

命运之路 // 151

迷人的侧影 // 177

附录 欧·亨利大事年表 // 186

最后一片叶子

老画家为了挽救年轻人,不惜付出自己的生命,生命如此沉重,但在这篇小说中,它竟然落到一片叶子上。

在华盛顿广场西面的一片不大的区域中,街道好像发了疯一样,分布得乱七八糟,并被分割成许多截,被称作"破地"。这片"破地"到处弯弯曲曲。一条街道自个儿就能交叉上一两回,你在其中走着走着便又走回来了。有名艺术家曾经发掘出居住在这里的优势所在。例如,有个商贩过来收颜料、纸张、画布的欠款,可是,当他在这里走了很久之后,他发觉自己又回到了原地,根本就没法收到欠款。

这使得很多搞艺术的人很快就都汇聚到了这里。他们在这座古老的格林尼治村东奔西走,寻觅那些有着面向北面的窗户,建于 18 世纪的山墙,荷兰的阁楼,且租金低廉的房屋。接下来,他们到第六大道的二手货市场上买了砂锅和几只白镴杯,组建成了属于他们的"艺术区"。

某幢低矮的三层砖楼的顶层,便是苏与乔希的画室所在地。"乔希"是乔爱娜的昵称。她们两人分别来自缅因州和加利福尼亚州。她们第一次碰面是在八马路上的德尔莫尼克餐厅。她们在交谈的过程中发现双方有很多共同点,无论是对于艺术还是食物,又或者是穿着,两人的观念基本是一致的。因此,她们便一起租下了这间房子作为画室。

那时候还是 5 月份。从 11 月份开始,肺炎在这片区域悄无声息地传播开来。这个隐形的家伙不请自来,伸出冷冰冰的手指对人们指指点点。在城东,肺炎已经泛滥成灾,但是"艺术区"曲折、阴湿、狭窄,它在入侵此地之后,脚步便放慢了不少。

跟人们的想象完全不同,肺炎先生并非那种路见不平、拔刀相助的老绅士。一个柔弱的小女人,已被加州的风吹得面无血色。对于她，肺炎这个粗鲁的老头儿原本是不屑一顾的。然而，乔希却没有逃脱他的魔爪。她在那张最近刚刷过油漆的铁床上面躺着，透过荷兰式的小窗，怔怔地望着对面那幢楼的墙壁发呆。

这天早上，忙碌的医生将自己花白的眉毛挑起来，叫苏跟着自己来到了走廊上。

医生向下甩动着体温计里的水银，说道："看来，她活下去的机会只有一成，关键在于她是否还有求生的意志。要是病人一心想要去光顾殡仪馆，那么不管医生的医术多么好，都难以扭转颓势。那个女孩儿坚信自己再也无法康复了。她还有什么心愿未完成吗？"

苏答道："她——她一直想去那不勒斯海湾画画。"

"画画？这算什么啊？我是问她最牵肠挂肚的是哪件事？例如，哪个男人。"

"哪个男人？"苏尖锐的嗓音如同口琴声一般，"她怎么会对一个男人牵肠挂肚——哎，医生，根本就没有这种事。"

医生说："哦，那就完全是因为她自己身体虚弱了。老实说，我一定会竭尽全力医治她的。但如果病人这会儿已经在计算自己的葬礼上会出现多少马车的话，那么再好的治疗也是收效甚微。倘若你可以让她对今年冬天大衣衣袖的流行款式产生兴趣，那么我一定能将她康复的概率由一成提升至两成。"

送走了医生，苏躲进了画室中。她流出的眼泪将一整张日本餐巾纸都浸透了。之后，她便拿起画板，吹着拉格泰姆调子的口哨，佯装出欢喜的模样进了乔希那间房。

乔希安静地躺在被窝里，将脸冲向窗户那边。苏还当她已经入睡，急忙停止吹口哨。

苏将画板架好，为某杂志的一篇短篇小说画起了钢笔插画。为小说画插画是许多年轻的画家走向艺术大道的必经阶段,而创作那些小说,则是许多年轻的作家走向文学大道的必经阶段。

当苏正在为小说的主人公——一名爱达荷州的牛仔画上一条精美的马裤,一副单片眼镜时,忽然有一阵低沉的声音反复回响在她耳畔。苏急忙来到床边。

乔希睁大了双眼,正望着窗外倒数。

她数道:"十二,"过了一阵子,又数:"十一,"跟着是"十"和"九",继而是差不多连到一块儿的"八""七"。

苏紧张地朝窗外望去。她在数什么呢?窗外除了一片长度为二十英尺,空无一物的院子以外,余下的就是邻居家那堵空落落的砖墙了。一株常春藤攀缘在墙壁上,已经衰老至极,连盘根错节的根系都已枯萎。常春藤上的叶子已经被秋风一扫而光,仅余的几片树叶全都附着在了紧贴着砖墙的枝干上。

苏问:"亲爱的,你在看什么呢?"

乔希用耳语般轻微的声音说道:"六——它们凋零的速度变快了。就在三天以前,还有将近一百片,数得我头晕眼花。但是,眼下不用再费什么力气就能数清楚了。又有一片凋零了,现在只剩五片了。"

"五片什么,亲爱的?告诉我好不好?"

"叶子。常春藤叶。当最后一片叶子凋零时,就是我该离开的时候了。早在三天以前,我就已经心知肚明。怎么,医生没跟你说过吗?"

苏假装满不在乎地说:"从没人对我说过这样的瞎话,你的病情怎么会跟那株枯木的叶子有关联呢?你这淘气的丫头,向来都对这种古藤情有独钟。好啦,不要犯傻了。今早,医生对我说,你痊愈的希望达到了——他的原话是什么来着,我想想啊——哦,是百分之九十！就算是在纽约市区搭乘电车，或是从一处新工地旁边走过，都比这要危险一些。眼下先喝点儿汤，我要快些完成这幅画，从编辑那里拿到钱，好买点儿红酒给你这生病的孩子喝，另外再买些猪排犒劳一下自己。"

乔希说："你往后不必再买红酒了。"她的视线始终停留在窗外。

"又有一片叶子掉下来了。我连汤都不想再喝。现在只留下四片叶子了。天黑之前，最后一片叶子也会在我面前凋零了。那就是我离开的时候了。"

"亲爱的乔希，"苏朝她俯下身来，"答应我，把眼睛闭上，不要再往窗外看了。先让我画完这些画，明天我一定要把它们交给编辑。要不是画画需要光亮，我一早就把窗帘拉拢了。"

乔希不悦地说："你可以去别的房间画画，不是吗？"

苏说："我希望留下来陪你，更何况，我不愿意你总是关注那些常春藤叶，它们压根儿就没有任何意义。"

"那等你画好的时候叫我一声。"乔希说着便合上了双眼。她纹丝不动地躺在那里，面色苍白，看起来就跟一座倒掉的石雕没什么两样，"我想亲眼看到最后那片叶子的凋零。对此，我早已迫不及待了。现在我只想将手松开，什么都不再依附，如同一片乏力的叶子一般飘零坠落。"

苏说："那你先努力睡一觉。我要画一个幽居的老矿工，需要把贝尔曼叫过来做我的模特儿。一分钟以后我就赶回来了。这段时间你千万别轻举妄动。"

老贝尔曼就住在同一幢楼的一楼。他同样是位画家，已经六十多岁了。在他那颗萨提儿①似的头上,蓄着如同米开朗琪罗雕塑的摩西似的胡须。与此同时,他的身材却像一只小鬼般瘦小。他在艺术上非常失败,画了足足四十年画,依旧没能摸到艺术女神的裙角。他总是叨念着要创作一幅巨作,但直到现在还没开始落笔。他一连几年都没画出什么画来,只是有时候会画几幅商业画或是广告招贴。他的主要收入来源就是给附近那些没钱雇专业模特儿的年轻画家做业余模特儿。他总是酗酒,然后不停地絮叨着自己梦想中的那幅巨作。不仅如此,这个小老头的脾气还非常暴躁,总喜欢嘲讽别人的柔情。另外,他还将自己视作勇猛的看门犬,保护着楼上那两名年轻的女画家。

苏在一楼那处暗无天日的小房间里找到了贝尔曼,他已喝得酩酊大醉。一张空白的画布绷在屋子角落的画架上,二十五年来,它一直在等着艺术家落笔,开始画他那幅传世巨作。苏将乔希的一堆幻想说给贝尔曼听,并说自己非常担心乔希,她现在已经脆弱得如同一片叶子,抓不住自己与人世相连的纽带,说不定真会就此凋零。

贝尔曼的双眼又红又肿,被风吹得淌下眼泪来。他非常瞧不起这些异想天开的傻念头,并毫不留情地对它们展开了讥讽。

他大叫道:"这是什么话!天底下居然有这样的傻瓜,以为叶子凋零了,自己也就时日无多了,她难道不知道叶落只是因为天气转寒的缘故吗?我从来没听说过这样的荒唐事儿。哎,我不能帮你做矿工模特儿了。你怎么能放任她产生这样古怪的想法呢?哎呀,乔希小姐真是太可怜了。"

苏说:"她的病情非常严重,整个人都有气无力的,还发着高烧,所以才会神志不清,胡思乱想。算了,贝尔曼先生,你若是不愿意

---

① 半人半兽的森林之神。

做我的模特儿，我也不会强求。但我真觉得你这么多嘴多舌，很叫人反感。"

贝尔曼大声说道："你可真不愧是个女人，絮絮叨叨的！我说过我不想做你的模特儿吗？我现在就跟你上楼去。我已经说了老半天了，我很愿意为你效劳！上帝啊！我们就算不能阻止乔希小姐生病，至少也要向她提供一个正儿八经的休养的地方吧。等到什么时候我完成了我的巨作，就会带上你们一起从这里搬出去。上帝啊！咱们就这么说定了。"

等他们返回的时候，乔希已经入睡了。苏拉拢了窗帘，然后示意贝尔曼去另外一个房间。两人在房中忧心忡忡地望着窗外那棵常春藤。然后，他们默默地彼此对视了一段时间。外面正在下雨夹雪，已经下了很久，一直没有要停下来的迹象。贝尔曼身上穿着一件蓝色的旧衬衣，在一只倒扣着的水壶上静坐着，权当是坐在了一块石头上。这便是他的幽居矿工的造型。

翌日清晨，只睡了一个钟头的苏睁开双眼，见到乔希正大睁着一双黯淡无神的眼睛，望着已经拉拢的绿色窗帘。

她说："拉开窗帘！我要看看窗外。"她的声音依然十分微弱。

苏只好垂头丧气地照她的命令行事。

然而，她却看到有一片常春藤叶在经历了一整夜的雨打风吹之后，依然附着在那堵砖墙上。那是最后一片常春藤叶。叶子靠近茎那边的部分还是翠绿色的，可是锯齿状的叶子边缘却已呈现出衰朽的枯黄色。不过，它依然不屈不挠地高悬在离地二十多英尺的藤枝上。

乔希说："我还以为这最后的一片叶子肯定会在昨夜凋零呢。我听到了风声。但是，今天它肯定会凋零的，那时我也要离开了。"

"瞎说！"苏将自己困顿的脸贴近乔希的枕头，"就算你不为自己着想，也应该为我着想啊。你说，若是只剩了我孤零零的一个人，往后的日子该怎么过呢？"

乔希无言以对。她已经做好了准备，要奔向那未知的漫漫死亡征程，人世间最孤苦的境况莫过于此。她已经斩断了自己跟这个世界、跟自己的朋友相关联的纽带，脑子里只剩下了那些狂热的胡思乱想。

漫长的一天终于过去了，天色暗了下来，不过她们依旧能够看到那片孤独的常春藤叶还紧紧地附着在墙壁上，与藤枝连在一块儿。晚上，风雨再度飘零，外面风声不断，窗户上雨声连连。荷兰式的屋檐十分低矮，雨水便从那里不断地往下流淌。

第二天，天蒙蒙亮的时候，乔希便强硬地命令苏拉开窗帘。

那片叶子还在原地待着。

有很长一段时间，乔希的视线一直停留在它身上。忽然，她冲着苏大声喊起来。当时，苏正守在煤气炉旁边，为她煮一锅鸡汤。

乔希说："苏，我的确不是什么好姑娘，为了提醒我注意到这一点，上帝便要求那最后一片叶子始终停留在原地。一心求死真的是一种罪过。好了，请你给我一碗鸡汤吧，另外再给我一杯牛奶，里面要加一些红酒，除此之外——嗯，请先帮我拿镜子过来好吗？把枕头垫在我的身后，我希望能坐起身来，亲眼看着你煮饭。"

一个小时以后，乔希又说："苏，有朝一日，我一定要去那不勒斯海湾写生。"

下午的时候，医生又来了。在他告辞离开之际，苏借故跟他来到了走廊。

医生将苏瘦弱战栗的手握在手中，说道："现在康复的机会已经达到了百分之五十，用心照顾好她，我相信你会赢得胜利的。眼下，我要下楼去探视另外一位病人了。他叫贝尔曼，得的同样是肺炎，据说他也是个画家。他的病来势汹汹，而且他年纪太大了，身体也很差，怕是没什么康复的机会了。今天，我会把他送到医院里去。在那里，至少能让他得到更好的护理。"

翌日，医生告诉苏："你终于赢了，她已经没有生命危险了。眼下，你唯一需要做的，就是向她提供充足的营养，继续好好照顾她。"

下午，苏走到乔希的床边，见到她正悠闲地织一条深蓝色的毫不实用的羊毛披肩。苏伸出一条手臂，将她和枕头一块儿拥住了。

苏说："小家伙，我要告诉你一件事。贝尔曼先生由于患上肺炎，今天在医院里过世了。他在两天以前，刚刚染上了这种病。第一天的清晨，守门人见到他在一楼的房间里待着，看起来很难受，但是无人过去照料他。他的衣服和鞋子全都湿透了，冷冰冰地贴在身上。那样一个风雨大作的晚上，谁也不知道他去了什么地方。之后，大家找到了一只尚未熄灭的灯笼，一架从原先的位置挪开的梯子，几支画笔，一块调色板，调色板上满是黄色和绿色的油彩，另外——啊，亲爱的，看看窗户外头，那附着在墙壁上的最后一片常春藤叶。先前你不是一直很困惑，为什么它从来没有随风舞动过吗？亲爱的，因为那就是贝尔曼的巨作呀——那晚，最后一片叶子凋零了，他便在那里画上了这一片代替它。"

麦琪的礼物

　　他们是一对年轻的贫贱夫妻,都想在圣诞节给对方送上最珍贵的礼物,阴错阳差,两人都没有得到想要的结果,但却得到了意外的大礼,那就是爱。

钱全都放在眼前，一元八角七分，一个不少。其中的六角是一分的钢镚儿凑成的，想到这儿德拉就觉得十分窘迫，脸颊绯红，这些钢镚儿还是在软磨硬泡之下，从菜贩子、肉店老板和杂货铺老板那里节省下来的，斤斤计较实在太丢人，但这也是无奈之举。这些钱被德拉来回数了三遍，仍然只有一元八角七分，要知道明天就是圣诞节了。

大哭一场也许是现在能做的唯一一件事，而那把能够用来在哭泣时作为依靠的睡椅也已经破烂不堪。

德拉毫无悬念地痛哭了一场，在哭泣中她渐渐明白，生活无非就是快乐和悲伤、微笑和痛哭，但这些所占分量很少，更多的是想哭又要故作坚强，忍着不出声。

慢慢地，德拉从哭泣中缓过神儿来，趁现在我们来参观一下她的家。这套公寓的租金是每周八美元，附带有家具。虽然如此，但这个家给人的感觉仍然是贫穷的，简直是一贫如洗。

楼门外的名片上写着这家男主人的名字，"詹姆斯·迪林厄姆·杨先生"。楼道里的信箱只是个摆设，没有谁会给他们写信，也没有人来拜访他们，因此门铃也从未派上过用场。

最初名片上并没写有"迪林厄姆"这个名号，那时，男主人的周薪是三十美元，于是他们便兴奋地把"迪林厄姆"加了上去。不久后，周薪从三十美元降至二十美元，"迪林厄姆"的字迹看起来也磨灭了许多，也许这个名号正在考虑是不是干脆缩写成字母"D"比较好，这样看起来会显得谦卑一点儿。不管最后是否改成"D"，有一点不会变，每当詹姆斯·迪林厄姆·杨太太，也就是前面提到的德拉，在迎接丈夫回家时，总是亲切地呼唤他为"吉姆"，同时给他一个温暖又热情的拥抱。真是一对恩爱的夫妻。

擦干脸上的泪水后，德拉重新在脸上扑了点儿粉，然后她静静地看着窗外，院子显得灰扑扑的，一只猫在栅栏上走着，猫和栅栏的颜色都是淡淡的灰色。这几个月以来，即使德拉省吃俭用，从小贩手里一点点攒下的钱也只有一元八角七分，明天就是圣诞节，她只能用这一元八角七分给吉姆买礼物。二十美元的周薪实在难以维持生活，需要花钱的地方很多，钱又那么少，真是愁死人。她满心期待能给吉姆买一份合适的礼物，一份能够配得上他的珍贵礼物，她的吉姆，可怜的吉姆，她该怎么办？

相信人们都知道一间公寓里必定会有一面大大的、挂在墙壁上的镜子，更何况这是一套每周需要八美元租金的公寓，镜子正位于两扇窗户的中间。但凡身形稍微精致一点儿的人都十分清楚自己身体的每一方面，知道自己的优势是什么。德拉的身形匀称、苗条，她理所当然知道自己的优势在哪儿。

冷不丁地，她快速地回过头来，身体已经移到了镜子前。她好像想到了什么似的，眼睛闪烁着光芒，但二十秒不到，德拉眼里的光芒便淡了下去，脸色也变得十分灰暗。她用手解开头发，拨弄几下好让它全部散开。

詹姆斯·迪林厄姆·杨夫妇各有一件让他们感到骄傲和自豪的东西。吉姆的金表是一块传家宝，先由他的祖父传给他的父亲，然后父亲又传给了他。如果所罗门王正在沾沾自喜那塞满整个地下室的金银珠宝的话，吉姆只要在地下室门口走过，拿出他的金表看一眼时间，所罗门王就会自惭形秽。而令德拉感到骄傲的则是她自己的长发。她的头发浓密而富有光泽，如果她在窗前展示这头秀发的话，又如果那位拥有世界上最珍稀的珍珠的示巴女王（《圣经》中测试所罗门王的智慧的女王，以美貌著称）恰好住在他们公寓对面的话，德拉的秀发就会把珍珠晶莹剔透的光芒完全掩盖下去。

这头美丽的秀发现在正披散在她的身边，微微卷曲的头发有着迷人的深褐色，长长的一直垂到膝盖下，仿佛是德拉与生俱来的一件衣服。随后她快速地把头发挽起来，在镜子前停顿了一分钟，动也不动地盯着镜中的人儿。只见她的眼眶里慢慢涌起了泪水，有一两滴眼泪掉了下来，落在陈旧得已经褪了色的红地毯上。

接着她穿好大衣，戴上帽子，这是一套褐色的套装。她的眼里还有几滴泪水，但她并不在意，身子一转，大衣的下摆扬了起来，她已经出了门，站在街道上。

街道上竖着一块招牌，上面写着："索弗罗妮夫人理发店"。德拉看了看招牌，果断地跑上进入理发店的楼梯，她喘息着站在店里。索弗罗妮夫人是一位身材肥胖，毫无血色的女人，这和"索弗罗妮"的名字差距还真大。

德拉缓和下来后问道："你这儿买头发吗？"

索弗罗妮夫人说："对，我买。把帽子摘下来，先让我瞧瞧。"

帽子拿掉后，那头瀑布般的褐色秀发倾泻下来。

"二十美元，我买了。"索弗罗妮夫人边用手摸着秀发边说。

"请给我钱。"德拉迫不及待地说。

接下来的时间里德拉一直奔波在为吉姆寻找礼物的路上，时间飞逝，不知不觉就过去了两个小时。德拉几乎把所有的商店都翻了个遍。

功夫不负有心人，她终于找到了一件称心如意的礼物，这件礼物绝对是为吉姆量身定制的。在寻找了两个多小时，找遍了所有店铺后，德拉看中了一条白金表链，样式简朴，雕刻着细细的花纹，绝不俗气。好东西总会让人一眼就能看出来，质量永远都比款式略胜一筹。这条表链和吉姆的金表简直是绝配。它低调又有内涵，和吉姆的为人一样。德拉毫不犹豫买下它，花了二十一美元。现在德拉只剩下八角七分钱。但吉姆的礼物比任何事情都重要，这条白金表链可以让吉姆随时随地拿出金表观看一番。因为没钱，金表的表链是一条破旧的皮带，吉姆总是趁别人不注意的时候瞄一眼时间，现在他终于可以光明正大地拿出金表，不慌不忙地看一眼时间。

从商店出来后，德拉急急忙忙地往回赶，最初的兴奋开始消退，现在她已经回复到理智的状态，她必须赶在吉姆回家前把事情都处理好。回家后，德拉马上烧起煤炉，她的头发变成了乱糟糟的短发，她决定把它们烫卷，找到铁钳后，德拉开始小心翼翼地烫头发。为了爱情而做出牺牲，这是多么伟大啊。

四十分钟后，镜子中出现了一个有着细密卷发的小男孩，看起来非常活泼。德拉不安地左瞧右看，心里思索着吉姆看到自己变成了这副模样，不知道会是什么反应。

"如果我的模样不会让吉姆发疯的话，我想他肯定会认为我是个在科尼岛上靠卖唱为生的小姑娘，"她叹了口气，"可是我也没办法啊——一元八角七分钱，我能用这点儿钱买什么呢？"

随后她煮好一罐咖啡，把煎锅搁在热气腾腾的炉子上预热。七点了。

吉姆总是在这个时间里准时到家。德拉坐在离房门最近的桌子上，手心里紧握着白金表链。不多久楼下便响起了脚步声，她知道吉姆回来了。德拉的神情变得紧张，面色苍白。她的心里忐忑不安，此刻她正在和往常祈祷一样心里默念着："上帝保佑，希望在吉姆心中我仍然是美丽的。"

脚步声消失后，房门打开了，吉姆走了进来，随即关上门。吉姆才二十二岁，就要肩负起养家糊口的重任，他看上去显得十分严谨，身体消瘦。他的大衣已经很破旧了，而且也没有手套。

吉姆怔怔地站在门边，身体僵硬，好像一只猎狗正蓄势待发，下一秒就会跳起来扑向猎物。他的眼睛死死地盯着德拉，脸上古怪的表情让德拉捉摸不定，因而也就更加慌乱。吉姆并没有生气，也没有露出吃惊和厌恶的神情，他的反应是德拉从未预料到的。他就那么呆呆地盯着德拉，带着说不出的古怪表情。

德拉决定打破沉默，她稍一用力跳下桌子，朝吉姆走去。

"亲爱的，吉姆，请不要用那种眼神看着我。我的短发漂亮吗？我把头发换了钱，给你买了一件礼物，如果不送你点儿什么，我会难过得死去。放心吧，我的头发长得很快，你不会嫌弃我吧？吉姆。我的头发很快就能和以前一样长，现在让我们来说'圣诞快乐'！只要我们开开心心的，生活就会慢慢变好。来看看我送给你的礼物，真是一件精美无比的礼物！"

"你的头发没了？"吉姆睁大了眼睛，艰难地吐出几个字，显然他还无法接受这个事实。

"剪了，卖了钱。但是你还是喜欢我的吧？不管我的头发长或短，我仍然是我，没有变。你也是这么认为的，是不是？"德拉说。

吉姆机械地环视一圈房间。

"你是说，你的长发已经剪掉了？"吉姆不死心地问。

德拉说："亲爱的，我的头发真的剪掉拿去卖钱了，你的眼睛看到的没错。今天是圣诞前夜，亲爱的，我是那么深爱你，为了你我做任何事都愿意。我的头发只是暂时的，但我对你的爱是永久不变的。现在，吉姆，我开始煎肉排了，好吗？"

吉姆仿佛从沉睡中惊醒，猛地把德拉拥入怀抱，久久不愿松开。我们暂时先别关注这对幸福的人儿，来思考其他一些事情，这些事情放在平常也许不会受到大家的重视。詹姆斯·迪林厄姆·杨夫妇的公寓每周需要八美元租金，但即使需要一百万美元的租金，也不会对生活产生多大的影响。数学家和精于算计的人只能看到金钱上的差距，他们缺少了某样东西，这样东西是由麦琪（基督出生时来自东方送礼的三位贤人）带给人类的。

吉姆将一把东西从口袋里拿出来，放在桌子上。

他说："德拉，不管你的容貌如何改变，我对你的爱也不会有丝毫变化，没有什么能阻止我的爱。至于我刚才为什么会失魂落魄，你只要看看这包东西就会清楚。"

德拉修长的手指轻快地拆开桌上的那包东西。紧接着就听到她发出一声女性特有的惊呼，马上，她的眼里流出了眼泪，惊呼变成了低低的抽泣，娇弱的模样惹人怜爱。

那包东西是一整套梳子，每一把都是用在不同的地方，两鬓、头顶、后面，堪称最完整、最齐全的梳子。这套梳子德拉想念了很久，它摆放在百老汇的橱窗里，德拉看到后就疯狂地喜欢上了，但她只能隔着玻璃橱窗观望。这套梳子价格不菲，她买不起，只好恋恋不舍地看着它，她从未想到有一天能够拥有这套梳子。可惜的是，她的头发已经剪短了，这套梳子显然买得不是时候。

但是德拉把梳子抱得紧紧的，她低着头极力忍着汹涌的泪水，然后抬起头，笑容灿烂地对吉姆说："亲爱的，没关系，我的头发会长得很快！"

说完德拉想起了什么，像一只受惊的兔子蹦起来，大声嚷道："哎呀，差点儿忘记了！"

自己买给吉姆的礼物还没拿出来呢。她把手伸到吉姆眼前,缓缓摊开手掌,冰冷的金属在她紧握的掌心里带着暖暖的气息。她的兴奋一览无遗。

"怎么样,吉姆?你喜欢吗?很漂亮吧!我可是把所有的商店都翻遍了才买到这条表链。有了它,你在任何时候都能大大方方地看时间了。快!吉姆,我迫不及待要看看这完美的搭配,把你的表给我。"

但吉姆只是微笑着躺倒在睡椅上,双手托着脑袋,并没有拿出金表。

"德拉,我们不如先把礼物都放下,"他笑着说道,"先把它们收藏起来吧,它们实在是非常珍贵,但现在都用不上。我把金表拿去换了钱,用来买这套梳子。现在,让我们开始煎肉排吧。"

耶稣在马槽里出生的时候,麦琪给他送来了他们的礼物,后来人们纷纷效仿,于是有了互送圣诞礼物的习俗。不得不说麦琪是非常聪明、智慧的,他们的礼物必定也是与众不同的,如果正好有两件一模一样的礼物,也许还能拿去换点儿别的东西。这个故事的两位主人公真是傻得可爱,请原谅我的文笔拙劣,不过我已经很好地表达出了我的想法。他们为了给对方送上礼物,宁愿牺牲自己最宝贵的东西,看似是鲁莽和不计后果的行为,但在此我要告诉那些自以为是的人们,这两个傻瓜才是最幸福、最聪明的人。不管他们身处何地,永远是一对幸福的人儿。

爱的奉献

他们是一对年轻的恋人,都不想让对方放弃学业,所以各自偷偷外出打工,直到一天,两人知道了彼此的秘密。爱是奉献,是心甘情愿付出自己。

在你对自己的艺术事业狂热追求的时候，再大的困难你也不会放在眼里，再大的牺牲你也不会觉得委屈，这句话是这个故事得以发展的必要保证，但这篇故事的结局却否定了这句话的正确性。按照逻辑上的说法，这是一次论证，是一件充满趣味的事情，但从文学上来说的话，这种论证要比中国万里长城的历史还要悠久。

乔·莱雷极富天赋，是一位有着卓越绘画能力的青年，他的家乡在中西部的平原上，那里满是高耸入云的槲树。在他六岁的时候，他就为村镇里的抽水机画了一幅画，机器旁边还画有一位德高望重的村民正脚步急促地走路。随后这幅画被装裱在画框里。药房的玻璃橱窗里有一只结着稀疏几个玉米的穗秆，这幅画就挂在旁边。乔·莱雷在二十岁的时候决定去纽约闯一闯，于是他打着领带，佩戴着一个迎风飘扬的荷包出发了。

德瑞娅·加鲁塞斯的家乡是一个南方的小村庄，村庄里种满了松树。她很早就显露出在音乐方面的才华，六音阶对她来说简直就是小菜一碟。不知是出于嫉妒还是赞同，亲戚们给了她一些钱，并不多，希望她能在外面的世界中得到"锻炼"。最终她取得了成功，但亲戚们并没有看到，而这也正是我们接下来要看到的故事。

乔和德瑞娅不约而同参加了一个聚会，聚会是在一个画室里举办的，他们在那里相遇了。聚会的人们相互谈论着美术和音乐，各抒己见。瓦格纳、奥朗、肖邦、瓦尔特杜弗以及伦勃朗的作品都是他们谈论的对象。

这次相遇让乔和德瑞娅一见钟情，他们都被对方深深吸引，没过多久，这对坠入爱河的恋人便举行了婚礼——在你狂热追求自己的艺术事业时，没有什么能阻挡你前进的脚步。

他们租了一套公寓，决定把公寓打造成属于他们自己的家。虽然这个家看起来十分落寞，就好像钢琴键最左边的 A 高伴音，但不得不承认他们过得非常愉快。两人都有各自喜爱并作为事业来发展的艺术，现在又找到了相互爱慕的人，实在是幸福又幸运。在这里我要给生活富裕的年轻人一些忠告——若是你想在艺术上有所作为，并且和心爱的姑娘永远生活在一起，那么请你把自己拥有的财富都分给穷苦的人们。

公寓虽小，但快乐能把它变得很大很宽，只要你的家庭生活温馨幸福，房屋小一点儿又有什么关系呢？相信大多数人都会对我的话表示赞同，那些曾经住过或者正住在公寓里的人都会这么认为。床头柜可以变成游戏桌；火炉架可以让你锻炼划船的技术；书桌则可以当作睡床；洗脸台能改造成竖式钢琴；若是有可能，让房间变得更小一些吧，四面墙壁朝你和你心爱的姑娘围拢过来，幸福不会让你们在乎任何一件事。若是你们整日愁眉苦脸，任凭房屋再大，也无法感到一丝愉悦，哪怕你的大门位于旧金山海峡的金门，你的帽架在北卡罗来纳州海岸的哈得拉斯，衣架在南美智利的合恩角，最后还得穿过拉布拉多半岛才能出去。

相信大家都听说过马杰斯脱，他的绘画技术十分高超，乔正是他的学生。学费虽然十分昂贵，但课程内容却很简单。而德瑞娅的老师也是一位很有名的钢琴家——罗森斯托克，在音乐方面颇有造诣。

他们的生活很愉快，前提是他们有足够的钱用来支付日常开销。每个人的生活都是如此，偏激的话还是搁置在一边吧。现在，两个年轻人已经定下了宏伟的目标。乔在未来将会有很多佳作产生，这些作品会在有钱人的争抢中销售一空，他们会把乔的作品挂在自己豪华寓所的墙壁上。德瑞娅的钢琴水平必定也会平步青云，得到业内人士和上流社会的一致好评，然后她就可以在音乐会的席位没有全部坐满的情况下,拒绝上台表演,专心坐在餐厅里优雅地吃着龙虾。

不过一切的荣华富贵都比不上那间小小的公寓带给他们的欢乐:这里有他们在结束一天练习后絮絮叨叨的情话;有令人充满活力的早饭和令人温暖的晚饭;他们还可以向对方述说自己对未来的设想,并彼此鼓励;当然了,还有他们在夜晚十一点钟时吃简单的、营养的消夜。

但是美好的日子总是过于短暂,即使它能长久下去,上天也会派遣困难来考验它。乔和德瑞娅都没有收入来源,不多久钱就全部花光了,他们无法再跟着马杰斯脱先生和罗森斯托克先生继续学习。但是,在你的内心对某一样东西有着锲而不舍的追求时,再大的困难也不能压垮你。德瑞娅决定先去当音乐老师,挣钱养家。

她说到做到,两三天后,她的奔波终于有了结果。晚上,她兴冲冲地跑回家。

"亲爱的,乔,我找到活儿啦!"德瑞娅高兴地说,"那个学生的家庭条件真是不错,他的父亲是一位将军,爱·皮·品克奈将军,他们住在七十一街。哎呀,那栋房子真是漂亮极了,尤其是房子的大门,你肯定会喜欢的,我认为那就是你经常说的拜占庭式风格。屋里的陈设也很华丽,整个房子都很美。"

"我要辅导的学生就是将军的女儿——克蕾门蒂娜。她是个非常可爱的女孩,喜欢穿白色衣服,总给人一种温柔、朴素的感觉,噢,她才十八岁。我的工作就是每周辅导她练钢琴三次,一次五块。钱虽然不多,但以后我还会有更多的学生,慢慢地钱就攒起来了,然后我又可以去罗森斯托克先生那里继续学习。好啦,现在开饭吧,庆祝我的成功,吃一顿丰富的晚餐。"

乔正在试图用斧头和刀打开一罐青豆,听完德瑞娅的述说后,他开始回应:"你真棒,德瑞娅。我也得做点儿什么,不能光让你一个人在外面挣钱养家,我轻轻松松地花着钱当学生。我对般范纽都·切利尼(意大利有名的雕刻大师)起誓,绝不能眼睁睁看你这么辛苦。我觉得我可以去做搬运工或者是卖些报纸赚钱,也能积少成多。"

德瑞娅走到乔的身边,温柔地抱住他。

"你真是个傻瓜,乔。你不能半途而废,应该坚持和马杰斯脱先生学习。我教别人弹钢琴也是一种锻炼,并没有停止学习,况且还能有十五块的收入,再好不过了。我能想象到以后的生活一定非常美好。"

乔一边去拿蓝色的贝壳形盘子,一边妥协地说:"那就依你说的做。可是我很惋惜你的才华,教师根本就不是艺术,你的决定真让我感动。"

德瑞娅轻轻地说:"当你的内心对某件事物充满了渴望的时候,任何困难都无法阻止你追求它的脚步。"

"那张素描画,就是我在公园里画的,"乔接着说,"马杰斯脱先生认为天空画得很美。丁克尔也答应把我的画作挂在他的橱窗里,只要有一个对美术并不了解却很有钱的人把它买回去,我们就能有收入了。"

德瑞娅热情地说:"你是最棒的,乔。那些画一定能卖一个好价钱。感谢上帝,感谢品克奈将军给我这份工作,我们开始吃烤羊肉吧。"

接下来整整一个星期,乔和德瑞娅很早就起床梳洗。乔为了画出更多好的作品,决定每天都在早晨去公园里写生,于是德瑞娅在七点钟的时候做好了早饭,吃完后她抱了抱乔,用温暖的话语鼓励他,然后和他吻别。艺术真是个了不起的东西,能让人充满活力和斗志。乔一般会在晚上七点钟回到公寓。

这个周末,德瑞娅骄傲地拿出三张钞票,十五块钱。她显得十分疲惫,但心情明显不错。她把钱放在客厅的桌子上,桌子宽八寸,长十寸,而公寓的客厅正好宽八尺,长十尺。

"啊，我对克蕾门蒂娜的行为有点儿不解，她无疑是个聪明的孩子，但她总是不熟练，我想她还得多花点时间练习。另外，她总是穿白色的衣服，让我的眼睛有点儿受不了。但是他的父亲，品克奈将军是个老好人，他有时会来检查克蕾门蒂娜的学习进展，摸着自己的白胡子问我：'十六分音符和三十二分音符都掌握了吗？'真是个可爱的父亲。"

"乔，我迫不及待想带你去看看将军的家。客厅的壁板和阿斯特拉罕的门帘，用呢子做成的，都很漂亮。我还听说将军的弟弟曾经是驻外大使，去过玻利维亚。克蕾门蒂娜最近进步了很多，只是她有咳嗽病，希望能快点儿好起来。要知道我现在对她喜爱得不得了。"

德瑞娅说完后，乔的神情立马一变，就好像是基督山伯爵，他缓缓地从口袋里拿出一张张钞票，十元、五元、两元和一元，他把这些钱和德瑞娅的十五块钱放在一起，这些都是他赚来的。

乔严肃地宣布："画有方尖碑的水彩画已经被人买下了，是一个庇奥利亚人。"

德瑞娅笑着说："你可真逗，乔，那个人是从庇奥利亚来的？"

"没错，我不会骗你。你该见见他，那是一个嘴里叼着牙签的胖男人，戴着一条羊毛围脖。一开始他还以为方尖碑是一座风车，后来他爽快地买下了那幅画，并且还说等我那幅勒家黄那货运车站的油画完成后，马上卖给他，他要挂在家里。德瑞娅，你的音乐和我的绘画真是非常了不起。"

"看到你的作品卖出去，我很开心，亲爱的，你不能放弃绘画，你一定会取得巨大的成功，努力！现在我们有三十三块钱，想不到我们能挣这么多。今天晚上吃牡蛎吧！"

"再来一份炸嫩牛排和香菇，"乔高兴地说，"我把穿肉的叉子放在哪里了？"

接下来的一个星期，两人仍然各自忙碌着。周六，乔先回到家，照例把挣来的钱放在客厅的桌子上，这次有十八块。随后他把双手洗净，手上沾着很多类似黑色颜料一样的东西。

过了半小时，德瑞娅也回来了，但她的右手被绷带包裹成一团。

乔按惯例迎接她的到来，接着问道："你的手怎么了？"德瑞娅朝他微微一笑，神情看来并不愉快。

她说："克蕾门蒂娜有个怪习惯，每次课程结束后都要吃奶酪面包。哪怕已经五点钟了，她也要吃。你真该在场，这样就能看到将军跑去端锅子的模样，他似乎不准仆人们插手，非得自己做。克蕾门蒂娜的身体不好，往面包上淋热奶酪的时候，不小心泼在我的手上，真是很烫。当时老将军都跳了起来，急匆匆下楼让别人——好像是锅炉房还是别的仆人——去帮我买药，克蕾门蒂娜也非常后悔。谢天谢地，我的手现在已经不怎么痛了。"

"那这些线头是做什么的？"乔小心翼翼地扯着绷带下露出的几根白色线头。

德瑞娅说："是软纱，浸了油的软纱。乔，亲爱的，你的作品又卖出了一幅吗？"她把视线转向桌上的钱。

"是的。"乔说，"那个庇奥利亚人。我已经完成了货运车站的油画，他这次又预订了几幅画，公园和哈德逊河的画。德瑞娅，你的手是什么时候烫伤的？"

"我想是在下午，五点钟左右。"德瑞娅的眼神让人禁不住可怜她。"熨——奶酪，估计就在那时热好了。你不知道，品克奈将军真是慌张极了，乔，你真该看看——"

"来，先坐下，"乔把德瑞娅按坐在床榻上，自己也坐了下来，用手搂着她。

乔问道:"德瑞娅,告诉我,这两个星期你都做了些什么?"

德瑞娅用执着和热烈的眼神看着他,一分钟、两分钟。她言辞模糊不清,一直说着将军和克蕾门蒂娜,没过多久她就哭了起来,头垂得很低,她说出了真相。

"我没有在品克奈将军家里教课,事实上将军和克蕾门蒂娜都是我编造出来的。之前我没能找到工作,又不想让你荒废学业,只好在二十四街的洗衣店里熨烫衣服。我以为能瞒住你。可是今天下午,一个女孩的熨斗不小心烫在我的手上,回来的路上我一直在想该怎么蒙混过去,就编造一个热奶酪的事情。乔,希望你不要怪我,要是没有收入,你就无法继续学画了,那个庞奥利亚人也不会看中你的画。"

乔慢慢地说:"其实他不是庞奥利亚人。"

"不管他是哪里人都没有关系,只要你的作品有人欣赏就好。乔,我多想吻吻你,可是你在什么时候对我的工作起疑心的呢?"

"直到刚才我都没有怀疑。"乔回答,"但是我今天下午从锅炉房里给一个姑娘拿了些机器的润滑油和一些已经作废了的软纱,那个姑娘被熨斗烫伤了手。这两个星期,我都在二十四街那家洗衣房的锅炉间里工作。"

"这么说来,你的画——"

乔说:"庞奥利亚人和品克奈将军一样,他也是我编造出来的,他们也可以说是因艺术而出现的人物,不过这门艺术并不像绘画和音乐那样。"

两个年轻人不约而同地笑了起来,乔继续说:

"在你内心对艺术有着狂热的追求时,再大的困难也不会——"说到这儿,德瑞娅的手捂住了乔的嘴巴。她说:"不是追求艺术,是'在你强烈追求爱的时候'。"

索利托牧场的卫生学

——◆＊◆——

一个肺结核病人被牧场主收留，他极力让别人厌烦自己，好摆脱牧场主的热情，就在这种较量中，他的肉体和灵魂都获得了新生。

熟悉拳击历史的人，都会记得发生在20世纪90年代初期的一件事。在一条国界河的对岸的一场拳击赛中，卫冕拳击冠军仅仅用了一分零几秒就击败了挑战者。这场超乎寻常的短暂交锋让想看精彩比赛的观众有些遗憾。比赛时间如此短暂，即使新闻记者使出了浑身解数，他们的报道也显得干巴巴，没有吸引力。冠军轻而易举地击倒了对手，转过身，伸直胳膊，让助手帮他摘掉手套，嘴里说道："我一拳就足以灭了他。"

次日清晨，从普尔门出发的列车在圣安东尼奥站停靠后，成群的男士们从列车上下来，尽管他们的领结很漂亮，坎肩很亮丽，但看上去还是精神不振，这都是因为昨天的那场拳击赛。"蟋蟀"麦圭尔也从车上走出来，脚步很不稳，他坐在月台上，不断地咳嗽，对于这种咳嗽声，圣安东尼奥人十分熟悉。当时，天才刚刚亮，纽西斯郡的牧场主柯蒂斯·雷德勒刚好经过，他身材非常高大，有六英尺二英寸那么高。

为了赶上回牧场的火车，牧场主一大早就出来了。他在这个拳击迷身边停了下来，用关切的语气，浓重的本地口音缓慢地问道："病得很重吗，老弟？"

"蟋蟀"麦圭尔听见有人称他为"老弟"，马上不逊地瞪起了眼睛。麦圭尔曾经是次轻量级的拳击选手，还是赛马预测人，骑师，赛马场的常客，掌握赌场各类赌术的赌徒，以及精通各种骗术的能手。

"你只管走你的路，"他用沙哑的嗓音说道，"你这个电线杆，我没让你过来。"

他又猛烈地咳嗽起来，虚软无力地靠在旁边的一个衣箱上。雷德勒站在一旁,很有耐心地等着,他环顾着月台上的那些人,他们头上戴着白礼帽,身上穿着短大衣,嘴里抽着粗雪茄。"你是从北方过来的,对吗?"在麦圭尔状态稍微好些的时候,他问道,"来看拳击赛的,是不是?"

"拳击赛?"麦圭尔发着火说,"这只能算是一场抢壁角游戏,他像是被打了一针。那个拳击选手只是被打了一拳,就像是打了麻醉剂似的,倒下就不省人事了,连墓碑都省了。这也算拳击赛?"他喉咙里发出了一阵声响,咳了咳,又继续说,他的话或许不是对牧场主说的,就是想把内心的不快倾倒出来,让自己好受点儿。"事实上,这场拳击赛,我觉得自己肯定能赌赢。即使是股票大王拉塞尔·塞奇,也不会放过这次机会。我确信,那个来自科克的选手,支撑三个回合没问题。我把全部的钱都押上去了,以五比一的赔率下注。杰米·德莱尼在第三十七号街上的那个通宵营业的咖啡馆,我原本想买下来的,都快闻到弥漫在酒瓶箱里的锯木屑味了,我认为能到手的。喂——我说,电线杆,把全部的钱一次性下注,你说,做这事的人够蠢吧!"

"你说的没错,"电线杆似的牧场主说,"特别是在赌输之后,说的话就更对了。你还是赶紧找家旅店休息一下吧,老弟。你病了有段时间了吧,怎么咳嗽得这么厉害?"

"我得了肺病。"麦圭尔说,他很清楚自己的病情。"医生说我好一点儿能撑一年,一般情况也就能活半年。我想把生活安排得好一些,以便休养身体。我之所以要以五比一下注赌一把,或许就是这个原因。我辛辛苦苦攒下了一千块钱。要是赢了,我就能买下德莱尼的咖啡馆。世事难料啊!谁能想到那个该死的混蛋,在第一回合就被打得起不来了呢——你说这像话吗?"

"你够倒霉的！"雷德勒看了看倚靠在衣箱上，蜷曲着枯瘦身体的麦圭尔说道："你还是快去旅店吧，好好休息一下，这附近的旅馆很多，有门杰旅馆，马弗里克旅馆，还有——"

"还有五马路旅馆，沃尔多夫·阿斯托利亚旅馆。"麦圭尔像跟他开玩笑似的，接着说道，"我不是跟你说过，我已经把钱输光了嘛！我现在跟乞丐一样，全部的财产就只有一毛钱了。可能乘私人游艇到海上兜一圈，或是去欧洲旅行一趟，也会利于我的身心健康——喂，小朋友，来份报纸！"他把那仅有的一毛钱，向报童撒去，拿了份《快报》，倚靠着衣箱，就聚精会神地读了起来，那是一份善于宣传英雄人物的报纸，今天却报道了他惨遭破产的消息。

柯蒂斯·雷德勒看了眼他那块大金表，就把手搭在了麦圭尔的肩上。

"老弟，起来吧。"雷德勒说，"还差三分钟火车就开了。"

麦圭尔生来就爱说风凉话。

"一分钟以前，我不是说过了嘛！我输光了所有的钱，在这段时间，你看到我赚回钱了吗，看到我转运了吗？没有，不是吗？兄弟，你还是快上车吧，没时间了。"

"你跟我回牧场，待到你恢复健康为止。"牧场主说，"六个月之内，保证你脱胎换骨。"说着，他抓起麦圭尔，向火车的方向拽去。

"那花销怎么办，我又没钱。"麦圭尔说，他挣扎着，想要甩掉雷德勒的手。"什么花销？"雷德勒奇怪地说，他感到很不解。他们俩相互凝视了一会儿，都无法理解对方的意思，原因在于他们没有交集，就好像是不搭配的齿轮，转不到一起去一样。

火车上的乘客都在暗自纳闷，这两个类型大相径庭的人怎么会纠缠在一起。麦圭尔身高仅有五英尺一英寸，面容不像都柏林人，也不像横滨人。他的眼睛圆圆的、亮亮的，脸颊和下巴几乎没什么肉，脸上布满了疤痕，神情有些恐怖，又很坚毅，就像大黄蜂，既勇敢又狠毒。他这类人，社会上还是有不少的，人们并不觉得有多么奇特、陌生。雷德勒和麦圭尔根本就不是一类人。雷德勒有一双像溪水一样明亮的眼眸，是那样的清澈见底。他很高，有六英尺二英寸，臂膀也很宽厚。他这种类型的人，是标准的西部与南部结合的产物。在得克萨斯没有电影院，画廊之类的又很少，几乎没有什么作品，能生动准确地展现出这类人的形象。总而言之，想要表现出雷德勒这类人的形象，就只能用壁画这种形式了，壁画的高尚、淳朴、理性，以及没有框架限制的绘画方式，可以更加完美地诠释出雷德勒这类人的特征。

他们的火车向南方驶去，这列火车是国际铁路公司旗下的。远处的树林在无边无际、泛着绿色光芒的大草原上，层层叠叠地汇聚成一小片茂密的树丛。牧场便在这里，这是驾驭牛群的统治者的土地。

在座位的角落里，麦圭尔虚软无力地坐着。他与牧场主聊天的同时，内心充满了困惑。这个电线杆把他弄到这里来，到底是唱的哪出戏？就算麦圭尔想破了脑袋，也不会想到，雷德勒是想要帮助他。"他是农民？不是，"像战俘似的麦圭尔想到，"他是骗子？根本不像。他究竟是做什么的呢？聪明的蟋蟀，先等一等，看他还有什么把戏。你现在一无所有了，还有什么可怕的啊！要说有的话，也就是有五分钱和奔马性肺结核了，别急，先等等看，他还有什么猫腻。"

火车在距离圣安东尼奥一百英里的林康停了下来，没有耽误什么时间，下车之后他们就乘上了等着雷德勒的四轮马车。他们要去的地方即使坐马车也要走好一会儿，有将近三十英里的路程呢。麦圭尔坐上马车后，产生了一种感觉，像是被绑架的那种感觉。他们的马车轻快地飞驰着，穿越一大片令人心旷神怡的草原。拉马车的是一对西班牙品种的小马驹,它们脚步轻盈地、不间断地跑着,它们跑得不快,偶尔会随性地飞奔一阵。他们所呼吸的空气中,夹杂着草原花朵的气味,使人通体舒畅,就像是喝了美酒与甘泉。

道路像是不见了,四轮马车好像变成了一艘船,舵手是沉稳熟练的雷德勒,他们似乎是在没有航标的草原海洋里畅游。对雷德勒来讲,路标便是远处的每一片小树林,方向和路程便被那些起伏的小山包所代替了。但在马车上,斜靠着的麦圭尔,看到的却是一片荒凉的野景。他的内心无所谓愉悦与信任,只是跟随雷德勒不断地前进着。"他到底想做什么?"麦圭尔始终被这个问题困扰着。"这个电线杆,他想要什么花样?"对于这个拥有着草原和充满幻想的牧场主,麦圭尔只能用他熟知的城市标准来衡量,他只能这么做了。

一周之前,有一头生病的小牛被遗弃在草原上,雷德勒在草原上遛马时发现了它,那时,它正在不停地呻吟着。他没有下马,直接伸手把小牛拎了起来,往马鞍上一放,就向牧场奔去,到了那儿,他吩咐手下人照看它。在牧场主眼中,麦圭尔和那头小牛都需要救助,他们的情况是一样的。一只无所依靠的小动物生病了,雷德勒拥有救助的能力,于是他就实施救助。他就是这样的人。但麦圭尔不会知道,也不会理解雷德勒这种做法。据了解,成千上万的结核病人都去圣安东尼奥养生,因为那儿的空气对身体非常好,不宽的街道上到处都充满了臭氧。麦圭尔已经是雷德勒碰巧带回牧场的第七个病人了。在索利托牧场的六个病人中,五个人怀着感激的心情离开了牧场,他们要么痊愈,要么健康状况有了很大的改善。只有一个人永远地留了下来,他去世的时候很安详,他被埋葬在园子里的一棵枝叶茂密的大树下,因他来得太晚了。

所以,将马车停在门口后,雷德勒像拎小鸡似的,把浑身无力的麦圭尔拎起来，放到回廊上时，那里的人们几乎没什么太大的反应。

麦圭尔四处张望着。在这个地方，这个庄园是最好的了。房屋使用的砖瓦都是从一百英里外的地方弄来的。房子一共有四间，都是平房，在房屋的周围建造了回廊，回廊的地面是用土铺成的。马具、狗具、大车、枪支和放牧的器具等物品胡乱地摆放在地上，看了这些，过惯了城市生活、穷困潦倒的麦圭尔也觉得别扭。

"终于到家了，真好！"雷德勒心情愉悦地说道。

"这是什么破地方。"麦圭尔立马接着他的话说，突然，他剧烈地咳嗽起来，喘不上气来，在回廊的地上不停地翻滚着。

"老弟，先忍一忍，我们会尽量让你好受些的。"雷德勒和善地说。"房屋里的条件好与不好不重要，重要的是屋外的环境，它对你的身体很有帮助。你就住这里面的一间吧，有什么需要的，尽管说，如果我们有的话会满足你。"

雷德勒把他带到了东面的那间房子里。屋子里没有铺地毯，但地面十分干净。阵阵的海风从敞开的窗户吹进来，把白色窗帘吹得轻轻摆动。屋子里陈设很简单，有一把大摇椅，是用柳条编制的，两把直椅背的凳子和一张长桌，报纸、烟斗、烟草、马刺和子弹等物品杂乱无章地堆放在这张桌子上。墙壁上悬挂着几只鹿头，加工得很别致，以及一个黑色的大野猪头。房屋的一角，摆放着一张宽大的帆布床，如果睡在上面的话，肯定很凉爽。这简直就是一间豪华的总统套房，是王子类的人物才能住的，纽西斯郡的人都这么认为。麦圭尔却露出不屑的表情，他把那仅剩的五分钱铜板拿了出来，向天花板抛去。

"你以为我在骗你吗？我真的没钱了，你不信的话，可以翻翻我的口袋。那个铜板，是我金库里的最后一笔钱了。你说，这钱该谁来付啊？"

牧场主灰色眉毛下那闪亮的灰色眼睛盯着麦圭尔那黑珠子似的眼睛看了好一会儿,他便直接而又不失礼貌地说:"老弟,咱们兄弟什么都好说,就是别说钱的事。什么话说一次就够了。所有被我请到牧场做客的人,不需要花一分钱,他们也都极少说付钱之类的话。半个小时之后,是晚饭的时间。这壶里有水,如果想喝凉一点的水,回廊上挂着的红瓦罐里有。"

"铃在什么地方?"麦圭尔看了看四周,疑惑地说。

"什么铃?"

"就是喊用人的时候要用的铃。我可不——喂,我说,"他突然喏喏地埋怨起来,"是你硬把我带到这儿来的,谁也没拦着你要钱,谁也没主动把自己的倒霉事儿告诉你,是你先开口问我,我才说的。现如今倒好,我被丢在这儿,连伺候的用人都没有,更别说鸡尾酒了,这些都离我五十英里远呢。我都病得动不了啦。唉!钱一分也没有。"麦圭尔倒在床上,哽咽地哭着。

在房间的门口,雷德勒向外喊了一声。没过多久,一个墨西哥青年快步走了过来,他的年龄在二十岁左右,身材高挑,脸红彤彤的。雷德勒用墨西哥语同他交谈。

"伊拉里奥,我曾经向你承诺过,到了秋天让你到圣卡洛斯牧场做牧童,去赶牲畜,你还记得吧?""记得,先生,十分感谢您给我机会。"

"现在你听着,这个房间里的小客人是我的朋友。他生病了,病得还很严重。我想要你贴身照顾他,耐心地服侍他。在他痊愈的时候,或者——嗯,他痊愈了,你不用去做牧童,直接去多石牧场当总管,你觉得怎么样?"

"那真是太棒了!先生,太谢谢您了。"这时,伊拉里奥激动不已,几乎要跪下了,牧场主假意地踢了他一脚,呵斥道:"别在这儿丢人啦!"

伊拉里奥进入麦圭尔的房间有十分钟才出来,出来后,他走到雷德勒跟前,向他叙述与麦圭尔接触的情况。

"那位小客人向您致敬,"他说,(这是伊拉里奥向雷德勒学的礼节)"先生,他有很多要求,他要洗热水澡,要修脸,要碎冰,要掺着柠檬汽水的杜松子酒,要烤面包,要关闭所有的窗户,要一份《纽约先驱报》,要香烟,最后,还要发个电报。"

雷德勒从药品橱柜里拿出了一瓶威士忌酒,有一夸脱之多。"给,把这瓶酒给他送去。"他说。

从此开始,索利托牧场就被恐怖的烟云笼罩着。刚开始几周,各个地方的牧童们听说雷德勒请来了新客人,即使有几英里远距离,他们还是要骑马赶过来瞧瞧。在牧童面前,麦圭尔大肆地吹嘘,卖弄,摆架子。麦圭尔给了他们一种新鲜感。他向他们讲述拳击运动的繁杂玄奥、躲闪避让的要领。他向他们诉说以运动谋生的人,生活是怎样的混乱。他话中的隐语和俚语常常使他们大笑和惊愕。他们沉迷于他摆动的手势、与众不同的神态、低俗的话语和下流的想法中。他们觉得他好像是来自另一个时空。

有一点让人很费解,在这个新环境中,他竟然没有丝毫不适。他根本就是一个思想顽固的自私鬼。他恍然进到另一个时空,在那里,人们听他讲着他自己的人生经历。他好似过着与世隔绝的生活,那蓝天下无边无际的草原,晚上寂静庄严、星光闪烁的夜景,都与他毫无关系。即使是色彩斑斓的晨光也无法把他的视线从粉色的运动报上拉过来。他人生的努力方向是"不劳而获",他的终极目标是第三十七号街上的咖啡店。

麦圭尔在牧场生活大约两个月之后，他便开始向别人抱怨自己的身体多么虚弱了。也就是从那一刻开始，负担、吝啬鬼、梦魇等便成了他的代名词。他整天把自己关在屋子里，像个满腹恶言的妖精和长舌妇，不停地唠叨，怨天怨地，谩骂、指责。他总是唠叨说，他是如何被人拉来的，他是如何被骗的，他是如何在地狱里生活的，等等。他还说，因为被照顾得不好，生活不如意，致使他的身体越来越差，甚至快要死了。他向周围的人说，他的病情在逐渐加重，可人们都觉得他跟以前一样。他那像葡萄干似的眼睛还是很明亮，眼神还是那样使人畏惧；他那沙哑的嗓音也没变，仍然那么难听；他紧绷的皮肤也没有变松弛；脸上的肉也没少。在每天下午，麦圭尔那突起的颧骨部位，总会出现两片红晕，或许体温计才能体现他的身体状况确实不佳。或许用叩诊的方式能证实，他的肺只有一半在工作。无论他的内在怎样糟糕，他的外在都始终没变。

伊拉里奥是照顾麦圭尔的人，总管的位置要有多么大的诱惑力，才能使他一直忍受他的折磨。补药一样的新鲜空气无法进入麦圭尔的房间，因为他让人把所有的窗户都关上，还要拉上窗帘。蓝色的烟雾充斥着整个房间。走进这个房间的人，没有能轻易走掉的，他们要听长舌妇无休止地讲述那不值得炫耀的灰暗经历，同时还要忍受污浊的空气。

麦圭尔同雷德勒的关系让人费解。雷德勒就像是宠溺孩子的父母，麦圭尔则像是淘气执拗的孩子。雷德勒一离开牧场，麦圭尔就会莫名其妙地乱发脾气。雷德勒一回来，麦圭尔就会激烈地，用那些恶毒的语言对他破口大骂。雷德勒对他的态度更使人诧异。对于麦圭尔激烈的攻击，雷德勒似乎默认了自己就是他所说的那个霸道暴虐的君主，以及罪恶的压迫者。无论麦圭尔怎么咒骂，他都平静地对待，有时还会觉得愧疚，就好像麦圭尔会这样，是他引起的，他应该负责。

有一天，雷德勒来到他的房间，对他说："老弟，你应该去外面，呼吸一下那些新鲜空气。要是你肯出去走走，你可以任意使用我的马车和车夫。如果你愿意的话，你也可以去营地体验两周。不用担心，我会帮你安排好一切，保证你的旅程会舒适、愉快。只有土地和新鲜空气才能帮你把病治好。曾经有一个患者，病得比你还严重，他是费城人，在瓜达卢佩，他迷路了，很幸运的是他遇到了牧羊人，于是他跟随着牧羊人在牧羊营地的草地上睡了两周。你说多么神奇，两周之后他的病情有了明显的好转，后来真的就康复了。去外面的草地上多走走，呼吸些新鲜空气，这才有利于你的健康。我有一匹乖巧的小马驹，你可以骑——"

"我哪里得罪你了？"麦圭尔喊道。"我什么时候害过你？又不是我要来这儿的，你看我不顺眼就把我赶到营地去好了；要不你干脆给我一刀，更省事。我的腿一点儿力气都没有，现在五岁的孩子都能打倒我，还骑马呢！要不是来到你这个破牧场，我能这样吗？这里连个说话的人都没有，更别说吃的、看的啦。只有一群乡巴佬，连打拳用的沙袋和龙虾沙拉都分不清。"

"是的，这里的确很荒芜。"雷德勒愧疚地说着。"这儿的东西虽然不那么精致，但是品种是很丰富的。你要是需要什么东西，而这儿没有的话，我就让兄弟们去外面帮你弄回来。有马，很快的。"

麦圭尔是装病，查德·默奇森是第一个提出这种说法的人。查德是一个牛队的牧童，他们牛队的牛身上都烙着横杠圈的图样。为了给麦圭尔弄篮葡萄，他走了三十多英里，其中还跑了四英里的冤枉路。回来后，他在那烟气缭绕的屋子里没待多久就出来了，找到雷德勒，直白明了地告诉他说，麦圭尔是在装病。

"那个客人的胳膊,"查德说,"都赶上金刚石硬了。他在教我打人的胃部的方法时,我被他打了一拳,真疼啊!就像是被野马踢了两脚似的。老哥,别被骗了。要说病,我比他病得还厉害呢。这些话,我其实不想说的,可我实在是看不下去了,怎么也不能让那家伙在这儿骗吃骗喝吧。"

牧场主是个忠厚的人,不想接受,也无法接受装病这种说法。之后的身体检查也不是怀疑他才给他做的。

某天中午,牧场来了两个客人,他们拴好马,就进屋吃饭了——这里的人都十分好客。其中一个人是医生,他因收费昂贵而出名。他刚刚给一个有钱的牧场主看完病,那个人被走火的枪打伤了。现在医生打算坐车回城里,另一个人是要送他到火车站的伙伴。等他们吃完饭,雷德勒拉着医生,拿出二十块钱,塞给他,说道:"那间屋子里的朋友得了肺病,好像很严重,大夫,您能帮他看看吗?我想知道他病得多严重,有什么办法能帮他康复。"

医生看了看雷德勒手里的钱,把眼镜挂在鼻梁上,露出眼睛,看着他直率地说:"雷德勒先生,我吃的那顿饭,你打算收多少?"雷德勒面带窘色地把钱放回了衣兜。随后,医生进入了麦圭尔的房间。回廊里有一大堆马鞍,牧场主坐在那上面,胡思乱想了起来,要是诊断出他的病情更严重的话,他该怨恨我了。

还没到十分钟,医生就大步流星地走了出来。说道,"你说的病人,我的肺都没他的好。他健康得就跟一枚钢铸成的钱币似的。脉搏、体温、呼吸都正常得不得了。胸扩张达到四英寸。他浑身上下看不出丝毫的不适。虽然我没有检查结核杆菌,但这丝毫不影响我的诊断,对这个结果,我负全责。就算他把窗户关得再紧,抽再多的烟,把屋里的空气弄得再污浊,都对他没有影响。他不是咳嗽吗?你跟他说，完全不需要再那样做了。你刚刚不是想知道他的治疗办法吗？我觉得，你不如让他去训野马，打木桩。先生，我该走了，再见。"那个医生，就像一阵疾风似的大步走了出去。

栏杆边上有一片的牧豆树，雷德勒顺手摘了一片放在嘴里咀嚼着，神情沉重地思考着。

到了给牛群打烙印的季节。

次日清晨，在牧场上，牛队头领罗斯·哈吉斯找了二十五个人，打算去圣卡洛斯牧场，将要在那里展开打烙印的工作。早晨六点，粮食都装上了大车，所有的马都装上了马鞍，牧童们也都开始上马。正在这时，雷德勒喊住他们，让等一会儿。没过多久，一个仆人牵着一匹马来到门口，马的装备很齐全。雷德勒来到麦圭尔的房门前，使劲儿地砸门。这时，麦圭尔正衣冠不整地躺在床上抽烟呢。

"麦圭尔，快起来。"牧场主喊道，他的嗓音既粗犷又洪亮。

"发生什么事了？"麦圭尔问道，对牧场主的态度感到很惊讶。

"快起来，把衣服穿好。我宁愿被响尾蛇咬一口，也不想被欺骗。还要我再说一遍吗？"他抓住麦圭尔的衣领，把他拖到在地上。

"喂，兄弟，"麦圭尔疯狂地叫喊着，"你发什么疯？我生病了，你不知道吗？这样剧烈运动会要了我的命。我哪里得罪你了？你倒是说啊。"他又开始了那令人厌烦的唠叨，"我没请你——"

"行了，穿上衣服。"雷德勒的声音越来越大了。

麦圭尔很震惊，他用那闪亮的眼睛盯着那可怕的、愤怒的牧场主。最后，他诅咒着，跟跟跄跄地，哆里哆嗦地，慢吞吞地穿上了衣服。雷德勒拽着他的领子把他拖出房间。走过院子，一直到门口那匹装配精良的小马前，才把他放开。此时，那些牧童都懒洋洋地坐在马上，打着哈欠。

"把他也带去，"雷德勒对罗斯·哈吉斯说，"让他干活。让他多吃饭、多睡觉、多干活。你们知道我如何真诚地帮助他，尽心尽力地照顾他。可是昨天，我请了圣安东尼奥城里最好的医生给他看病，你们猜那医生怎么说，说他的肺十分健康，跟驴一样；他的身体更是好得没话说，跟牛一样健壮。罗斯，你知道该做什么了吧。"

罗斯·哈吉斯没说什么，只是对麦圭尔阴险地笑了下。

"噢，天哪！"麦圭尔神情有些异样地看着雷德勒说，"那个医生说我是装的，根本就没病，是吗？你把他找来看看，你怎么能认为我在装病欺骗你呢？兄弟，虽然我说话很粗野，但大多是有口无心的。我们换个立场来说，对了，那个医生说我装病。行，你不是让我给你干活嘛，我去，这下公平了吧。"

他上了马，身体像鸟儿一样轻盈，拿起马鞭抽了小马一下。在霍索恩，"蟋蟀"麦圭尔曾经骑着一匹名叫"好孩子"的马，拿到了冠军（当时是十比一的赌注），如今，他再次坐上了马背。

麦圭尔骑马跑在前面，跟在后面的牧童们不由得为他欢呼，就这样，他们向圣卡洛斯奔去。

然而，麦圭尔还没跑出一英里，那些牧童们就赶了上来。当队伍过了牧区，到达高栎树林时，牧童们都已经跑在了他的前面。在高栎树林里，他开始咳嗽起来，于是他把马停在了几株高栎树后，掏出手绢捂住嘴咳着。当咳嗽好点儿时，他拿下手绢，发现上面满是血渍。他动作非常小心地把带血的手绢扔到仙人掌里。之后，他扬起马鞭，用沙哑的声音对那匹被他吓到的小马喊道："朋友，我们上路吧。"说完，骑着马就向前面的队伍冲去。

那天晚上，雷德勒收到一封信，是来自老家阿拉巴马的。他家有人去世了，因为要分配财产，老家的人让他回去。次日，他乘着四轮马车向火车站奔去,途经一大片草原。两个月之后,他回到了牧场,发现庄园只有伊拉里奥。雷德勒不在的这两个月,伊拉里奥暂时做了总管,帮他管理牧场。他把这段时间的工作仔仔细细地汇报给雷德勒听。从汇报中,雷德勒得知,多次剧烈的大风使牛群被分散了,牛跑到很远的地方,这使得打烙印的工作进展缓慢,到现在还在进行着。打烙印的营地驻扎在瓜达卢佩山谷,距牧场有二十多英里。

"对了,"雷德勒猛然想到说,"那个麦圭尔还在干活吗?我走之前让他到牛队里打烙印去了。"

"我不太了解,"伊拉里奥说,"小牛身上有很多活,营地里的人来一次不容易,根本忙得没时间提及他的事,唔,我估计,那个人应该早死了。"

"什么!死了!"雷德勒大声喊道,"你说什么?"

"他走的时候病得很厉害。"伊拉里奥耸了下肩说道,"我觉得他能活一两个月就不错了。"

"你说什么废话嘛,"雷德勒说。"你怎么也被他骗了,你又不是不知道,医生说他壮实得像牧豆树。"

"你说那个医生,"伊拉里奥面带微笑地说道,"他是这么跟你说的吗?可他根本就没帮麦圭尔检查过。"

"你把话说清楚,"雷德勒命令说。"我不明白你的意思。"

"我是说,那个医生进来的时候,"伊拉里奥说,他的表情很平静,"麦圭尔不在屋里,他刚好出去喝水了。医生进来后,拽着我,用手在我的胸口乱敲了一阵,还把耳朵贴在我身上四处听,我不知道他在干什么。他让我含着一只玻璃棒。他还按住我手臂的这个地方。让我轻轻地数数。疯子才知道他要干什么呢。伊拉里奥无奈地甩了甩手,最后说,"那个医生为什么要做这么奇怪的事儿啊?""

"有什么马在这儿？"雷德勒简单地问道。

"'乡巴佬'在家，先生，现在正在栅栏里吃草呢。"

"马上给我装上马鞍，我要出去一趟。"

牧场主没过几分钟就走了。"乡巴佬"虽然长得不好看，但是实力却是没得说，很符合它的名字。它大步地驰骋着，道路就像是一根通心粉那样被吃掉，很快就不见了。不知不觉两小时十五分过去了，此时，雷德勒站在小山岗上四处观望，发现了打烙印的营帐，它在瓜达卢佩一条干涸的河床上，一个小水洼边上驻扎着。现在他非常急迫，想马上知道关于麦圭尔的消息。他在营帐前下马，放下了缰绳。雷德勒非常善良，当他听了伊拉里奥说的话后，觉得如果麦圭尔死了，那一定是他的罪过，是他害死的。

营地里没什么人，只有一个厨师在弄晚饭。那个厨师正在摆放着大块的烤牛肉和盛咖啡的铁皮杯。雷德勒不好直接问他担心的事。

"嗨，彼得，最近营地里都还好吗？"他委婉地问道。

"还凑合吧。"彼得严谨地说道，"最近，风太大了，牛群被大风吹散了，我们要在四十英里内四处寻找牛。两个月，断了两次粮食。我现在缺个新咖啡壶。唉！这里的蚊子实在是太厉害了。"

"兄弟们都挺好的吧？"

彼得不是很乐观健谈的人。而且，作为老板，雷德勒婆婆妈妈地询问牧童们的健康，这跟他的身份有点不搭调。

"剩下的人，每顿饭都不会错过。"厨师说。

"剩下的人？"雷德勒跟着说了一遍。他下意识地开始打量，看看周围有没有坟墓。他觉得这儿似乎也有一块白色的墓碑，像他在阿拉巴马看到的那样。随后觉得自己的想法太蠢了。

"对，"彼得说，"剩下的人。营地在两个月的时间里经常换地方，有的人就走了。"

终于，雷德勒鼓足了勇气问道：

"上次，我派来的……名字叫……麦圭尔的人……他有没有……"

"哎，"彼得打断了他的话，站了起来，两个手中各拿了一个玉米面包，"我说，太丢人了，怎么能把生病的可怜家伙派到营地来？那个医生太蠢啦，真该把马肚带的扣子解下来，剥了他的皮，他竟然没看出麦圭尔只剩半条命了。这麦圭尔，也够倔的，现在我告诉你他都干了什么事儿。来到这儿的第一个晚上，营地的兄弟们教他牧童的规矩。当时，罗斯·哈吉斯拿起鞭子，向他的屁股抽了一下，你真该在场看看，那个不幸的家伙是什么反应，他站起来就把罗斯给揍了，他揍了罗斯·哈吉斯，你能想象吗？他狠狠地揍了他，把他打得遍体鳞伤。罗斯根本没有还手之力，只是爬起来换个地方再躺下。

然后，麦圭尔也倒在地上，他把脸面向草地咳嗽着，咳出了大量的鲜血。兄弟们说是内出血。他一动不动地躺了十八个小时。正所谓，英雄惜英雄，罗斯很喜欢这个打赢了他的人。他把从格陵兰到波兰的医生都通通骂了一遍，随后开始想办法帮助麦圭尔。麦圭尔被他和'绿枝'约翰逊抬到营帐里，他们轮流喂他剁碎的牛肉和威士忌。

"但那家伙好像活够了，那时还下着雨，晚上他不在营帐里待着，而是跑到外面的草地上躺着。'走开，让我称心如意地死吧。'他说，'他说我撒谎，说我是个骗子，说我在装病，你们都别管我。'"

"有两周的时间，他就这样躺着，"厨师说，"严重的时候，他都认不清人，后来……"

忽然，一阵巨响声传来，从树丛里蹿出二十来个骑手，他们旋风似的奔到营地前。

"噢，老天！"彼得喊道，然后马上就忙乱了起来，"他们回来了，天哪！我必须在三分钟内做好饭，不然，他们会弄死我的。"

但是雷德勒没去管这些，他只关注一件事，一个小伙儿站在火光前，他身材矮小、棕色的脸、笑眯眯地从马上下来。他的神态不像是麦圭尔，但……

猛然地，牧场主一把拉住了他的手和肩膀。

"老弟，兄弟，你这是怎么了？"半天，他就说出这么一句话。

"你不是让我多在外面活动吗？"麦圭尔声音洪亮地说，他的手像钢钳似的，把雷德勒的手指头都快捏碎了，"就在那儿，我的身体康复和健壮了起来，而且我认识到，自己曾是个多么卑鄙的人。谢谢你把我赶出来，兄弟，还有，是那个医生弄的这个笑话吧？我在窗外都看见了，医生在那个南欧人胃部乱敲了一阵。"

"你这家伙，"牧场主喊道，"当时你怎么不说，你根本就没检查身体。"

"唉，算了！"不经意间，麦圭尔那粗鲁的神态又出现了。"谁能骗得了我。你一直没问过我这事，我也就没说。你把我赶出来的话，都说出去了，我还能怎么样，就认了呗。我说，赶牛的这些人真够义气，我朋友中，这些人是最值得交的。兄弟，我一直在这儿待下去，没问题吧？"

雷德勒看了看罗斯·哈吉斯，似乎是在询问他。

"那个混蛋，"罗斯亲切地说，"在任何一个牧牛营里，都不会有比他更大胆、更起劲的人了，打架也是超厉害的。"

活期贷款

一个人为了还上从好友那里贷来的钱,不惜出去抢劫,虽然没有成功,但故事结尾很圆满。

那个年代的养牛人，都是上帝的宠儿。他们控制着成片的草原和牧场，拥有大量的牛群，完全有能力购买镀金的马车。他们无法躲避这来势汹汹的金钱，甚至连自己都不知道为什么会有这么多钱。富有的他们，一般只会买一些奢侈品，像表盖上镶着许多巨大的坚硬宝石的金表，还有嵌着银钉而且配着安哥拉皮垫的马鞍。此外，他们还会请大家去酒吧喝威士忌。他们生活得非常滋润、惬意。

而另外一些人，他们花费钱财的途径就很多了，因为他们娶了老婆。这些女人绝对不会隐藏他们挥霍金钱的本领。她们只有在情况不好的时候，才有可能隐藏这种本领，可是，一旦条件改善，她们马上就又会大肆挥霍。

"大个子"比尔·朗利原本住在弗里奥河畔一个用木条围成圆形的农场里。农场的周围长满了栎树。可是他无法忍受妻子无所顾忌地花钱，所以，他被迫离开了农场，去城里寻找成功的乐趣了。如今，他已经有了五十万元的财产，而这个数目还在增加。

营地和草原的艰苦环境磨炼了"大个子"朗利。他迅速地从一名养牛人变成了农场主，主要是因为他有着聪明的头脑，长着一双能快速找到无主小牛的慧眼，当然，还有他很节俭也很幸运。随后，幸运女神非常小心地穿过种种障碍，将丰饶之角放在了他的牧场门口，紧接着，牛的买卖就兴盛起来了。

在这个国家的边远小城查帕罗萨有一幢豪宅，那是朗利的。纷繁复杂的社会生活将他紧紧地套住，他俨然就是一个俘虏。就像是命中注定的一样，他必然会成为当地非常显赫的人物。刚开始，他就像一匹刚被关进马圈的野马，抗争了很长时间，可是，不久之后，马鞭和马刺就被他高高挂起来,他接受了这样的现实生活。他创建了查帕罗萨第一国民银行,这主要是因为在那段时间,他不知道该干什么。就这样,他成了总经理。

一天,第一国民银行迎来了一名客人,只见这名客人戴着一副眼镜,镜片厚得像放大镜一样。看样子,他很有可能患有肠胃病。他将一张非常气派的名片递给窗口的出纳员。过了五分钟,账目稽查杰·埃德加·托德先生指挥着全体工作人员紧张地忙碌起来。他可真是一位工作非常认真的稽查!

账目稽查检查完账目,戴上帽子,来到小办公室,接着,他请来了银行总经理朗利先生。

朗利用他那很深沉的语调慢吞吞地问道:"唔,您感觉怎么样?您是否在这些账目中发现了什么可疑的地方?"

托德说:"朗利先生,您的账目做得还是很清楚的。贷款也基本上是符合规定的,但是,有一张票据做得是漏洞百出,令我没有想到的是,它居然能差劲到这种程度!我想,您肯定还没有意识到这种情况是非常严重的。我说的就是托马斯·默温借走的那笔一万元活期贷款。这笔贷款的数目明显超过了银行发放个人贷款的最高额度,更严重的是,这样的一笔贷款居然既没有担保也没有抵押!因此,从两个方面来说,您都严重违犯了国民银行法,您随时都有可能被政府送到刑事法庭的被告席上。我是有责任将这件事报告给货币审计处的,如果我真的这样做了,那么我相信他们一定会交给司法部处理的。现在,您应该明白其中的利害关系了吧!"

朗利修长的身体慢慢地靠向转椅的椅背。他双手托住后脑,侧目看着账目稽查。令稽查感到奇怪的是,朗利不仅没有紧张,嘴角反而轻轻扬起,浅蓝色眼睛里透露着善意。稽查暗暗想着:如果朗利真的意识到了这件事是如此的严重，他还会是这样的脸色吗？肯定不是。

朗利和善地说："我确实知道这是一笔只有默温的一句承诺，而没有任何抵押品的贷款。您之所以认为问题非常严重，并没有什么好奇怪的，因为您根本就不知道托马斯·默温。我一向认为，一个非常讲信用的人的话就是最好的抵押品。我也知道政府肯定不认同我这样的想法。既然是这样，我只好去找一趟默温了！"

托德先生的肠胃病是不是突然发作了？好像是的。他透过"放大镜"，吃惊地看着这位曾经是养牛人的银行家。

朗利想赶紧处理好这件事，有点儿不在乎地说："默温听说了一个消息，在里奥格朗德岩石津，有两千多头售价仅仅八元的两岁小牛要卖。可是这批牛为什么会以这么低的价格卖掉，而且还这么着急呢？我想这是老莱恩德罗·加尔西亚走私进来的。默温和我都很清楚：在堪萨斯城，这群牛能以每头十五元的价格卖掉。我把一万元借给了他，那是因为他只有六千元，只差这一万元！三周之前，他的弟弟埃德已经将牛赶去卖了，这几天随时可能回来。也就是说，默温这几天就能还上贷款了。"

稽查好像是被吓到了。他也许应该马上去给审计处发一封电报，将这个情况上报。可是，他并没这么做，而是跟朗利谈了三分钟，把他的顾虑完全说了出来。在这之后，朗利终于知道，这场灾难正在悄悄地向自己逼近。可是，稽查还是给了朗利一段时间，让他赶紧处理好这件事。

他对朗利说："今晚，我要去查希尔台尔的一家银行。我明天十二点回来，到时候，还会再来找你。要想我不上报这件事情，就必须在我回来之前处理好这笔贷款。否则，我只能履行我的职责了。"

稽查说完，鞠了一躬，走了。

直到半个小时之后，朗利才从椅子上起来，点上一支雪茄，去找默温了。默温正坐在那儿用生皮编马鞭。他穿着一条棕色的粗布裤子，脚搭在桌子上，看上去好像在想着什么。

朗利靠着桌子问道："默温，埃德什么时候回来？"

默温没有放下手里的马鞭，说道："不清楚。可是，我觉得这几天他应该就会回来了。"

朗利接着说："今天有一个账目稽查去我们银行，结果发现了你的那张借据。我也知道你是肯定不会赖账的，可是这毕竟触犯了银行法。我知道你肯定能在银行查账之前归还贷款，可是没有想到，这个稽查这么快就来了。默温，本来我想着先帮你垫上，把这张借据应付过去，可是，我的现金也不多。他给我下了最后通牒，要我在明天十二点以前把这笔钱还上，要不然……"

默温看到朗利欲言又止，赶忙问道："不然会怎么样？"

"啊，我觉得应该是被政府送进监狱吧。"

默温还在全神贯注地编马鞭，说道："你放心，我会努力在明天十二点以前把那笔钱凑齐的。"

朗利一边转身向门口走，一边说道："好吧！我相信，你一定会想尽一切办法凑齐的。"

默温把马鞭扔在一旁，去了库帕和克雷格合伙开的银行，那是城里的第二家银行。其实，这个城里也只有两家银行。

默温见到库帕，说道："库帕，我必须在明天十二点以前凑齐一万元。我用我仅有的房子和地皮做担保，它们的价值大概在六千元左右。不过几天之内，我的那笔卖牛的生意就会给我赚很多钱，肯定会比这个数目多很多。"

库帕显然是不想借给他,开始咳嗽起来。

默温哀求道:"看在上帝的分儿上,请你不要拒绝我。我欠一个银行家一笔一万元的活期贷款。现在他要求我归还了,我跟他在一起牧牛、一起守林,干了整整十年。他可以要我所有的东西,甚至包括我的血液。他非常着急,必须得搞到那笔钱,而我有责任替他筹到这笔钱。库帕,我这个人是非常讲信用的,这你也是知道的。"

"你讲信用自然是不用怀疑的。"库帕敷衍地同意,"可是,你也知道,我有一个合伙人,所以我不能私自决定,给你放款。这么说吧,我们是不可能在一个星期之内把钱借给你的,纵使你现在就拿着最可靠的抵押品。因为,我们已经委托迈尔兄弟公司收购棉花,窄轨火车今晚就要运送一万五千元的现款到罗克台尔。非常对不起,我们手头的现款现在也不宽裕了,我们真的不能帮上你什么忙。"

默温只能重新回家编马鞭。大约下午四点钟的时候,他去了第一国民银行。他,凑到朗利办公桌的栅栏旁,说道:"今晚,噢,不!是明天,我会尽最大努力帮你凑够那笔钱。"

朗利很平静地回了一句:"那好吧。"

默温在晚上九点小心翼翼地走出自己的小木屋,这时,周围没有什么行人,因为他的房子坐落在郊区。默温头戴一顶垂边帽子,腰里还别着两把可以装六颗子弹的手枪。他顺着冷冷清清的街道飞快地走到同窄轨铁路平行的沙路上,一直到距离城里两英里的水塔的下面才停下来。他在自己脸的下部蒙上一条黑色手帕,把帽檐拉得很低。

从查帕罗萨开到罗克台尔的火车开过来,十分钟后停在了水塔旁。

默温从一大片栎树后面站起来,走向了火车,而他的双手各拿一支手枪。他刚走出去没几步,突然就被两条结实的长胳膊从背后抱起来,摔在草地上。他的后背被一个有力的膝盖顶住,手腕也被一双钢钳一样的手牢牢扣住。就这样,他像个小孩子,被制伏了。火车加满了水又重新跑了起来,速度越来越快。就在看不到火车的时候,他也被松开了。他站起来,发现竟然是朗利抓住了他。

朗利嚷道:"你绝对不能干这种傻事!就在今天下午,库帕把你跟他的谈话都告诉了我。我之所以会出现在这儿,是因为晚上我去找你的时候,看到你居然带着枪出来了。我们走吧!"

他们俩肩并着肩,走了。

时间不长,默温对着朗利说道:"无论如何,我必须得还清你的贷款。可这是我能想到的唯一办法。如果他们真的找你的麻烦,你又该怎么办呢?比尔。"

朗利反问道:"如果你是我这样的处境,你又会怎么办呢?"

默温说道:"如果不是这笔活期贷款,我从来没有想过我竟然会埋伏起来抢劫火车。可是你也知道,我向来是说一不二的。比尔,十二个小时之后,那个该死的家伙又该来找你的麻烦了。我们必须得把这笔钱凑够,不是吗?我们能不能……噢,你听到了没有?"

这时,阵阵凄美但是很好听的口哨声穿透了黑夜,那是《牧童悲歌》的调子。默温和朗利一前一后地狂奔起来。

"绝对是埃德……"默温边跑边叫,"这是他唯一会吹的曲子。"

过了一会儿,他们就跑到了默温的家。默温一脚踹开大门,冲到屋子里,却没有注意到放在屋子中间的一只旧手提箱,结果被绊倒在地。一个年轻人正躺在床上抽褐色的香烟,只见这个年轻人皮肤被晒得黝黑,长着宽宽的下巴,虽然满面风尘,但是很精神。

默温气喘吁吁地问道:"埃德,怎么样?"

那个精明能干的年轻人流露出慵懒的神情，回答道："还凑合吧。我刚回来，坐的是那趟九点半的火车。那批牛被我以十五元一头的价格全卖了，一个子儿都不少。大哥，我可得告诉你：那只手提箱里现在装着两万九千元的现金，以后你再也不能随便踢它了。"

警察与赞美诗

　　一个流浪汉想方设法让警察逮捕自己,因为寒冬即将到来,他想到岛上的监狱过冬,但屡屡失败。无意间,他被教堂传来的赞美诗感化,打算振作起来,重新做人,但就在这时,警察朝他走来……

梭比在麦蒂逊广场的一条长凳上躺着，翻来覆去，焦躁难耐。冬天马上就要到了，大家现在已经意识到了这一点，具体征兆就是：夜间，大雁成群结队地在夜晚的天幕上飞行，歌唱；太太们因为想叫丈夫为自己添置海豹皮大衣，所以表现得愈发温柔体贴；梭比心烦意乱地躺在街心公园的长凳上，身体就像烙饼一样，不住地翻身。

忽然，他的腿上落下了一片干枯的树叶，这是霜冻即将到来的预兆。对于长期居住在麦蒂逊广场周围的人们而言，霜冻是个很有礼貌的访客，一定要先发出这样一封提醒函，随后才会亲自上门造访。当北风来临时，十字路口附近的居民就该注意了，霜冻先生就快要到来了。

是时候做出决定了，然后立即付诸实践，梭比心想。事实上，他之所以会在此地表现得如此心烦意乱，就是因为在发愁，这眼看就要到来的酷寒天气应该如何熬过。

梭比没有很大的志向，无论是去南部地区接受充足的光照，让自己陷入昏昏欲睡的状态，还是自由自在地在地中海上徜徉，又或者是去维苏威海湾畅游，都不是他的心愿。其实，能在那座岛上度过冬季的这三个月，才是他最大的心愿。他在那里可以远离冬季的严寒，并远离那些麻烦的警察。在这漫长的三个月时间内，他将一直处于良好的生活环境之中，吃得好睡得好，并且有志同道合的朋友陪伴在身边。梭比最想实现的愿望就是如此，他简直连做梦的时候都在想着这件事。

布莱克威尔岛上的那所监狱是梭比这多年以来的避寒圣地。每年冬天，为了能够顺利抵达那座岛，梭比必须事先做好准备工作。每年冬天,纽约有很多比他幸运的人,为了去里维埃拉或是棕榈滩避寒,都要事先买好票,两者其实是同样的道理。到了眼下这种时刻,的确应该开始做准备了。位于广场喷泉之侧的那条长凳就是他昨晚的寝室,为了御寒,他在上衣之中裹了一张报纸,在大腿和脚脖子上也分别裹了一张。可惜这样的举措在酷寒面前,根本就没有多大用处。正因为这样,他才会再度想到了那座岛。那些针对流浪人员设置的慈善机构,并不能取悦梭比。他认为这样的慈善义举根本比不上法律。事实上,很多政府或慈善机构筹建的场所都可以接纳梭比,他在那里可以获得食物和住所,安稳地生活下去。然而,梭比是如此的自尊而骄傲,如果要他接受别人的施舍,那种屈辱会让他感到痛苦至极。无论什么事情都具有两面性,诚如落到恺撒手中的布鲁图,一定要先被强迫着将身上的污垢都洗干净以后,才有资格接受一张床;一定要先将自己的身份背景等全都坦白以后,才能得到别人赏赐的面包。与其这样,梭比宁可去与法律平起平坐。法律诚然严苛,然而,对于个人正当的隐私,法律还是会持敬重态度的。

既然已经下定决心要去那座岛过冬,为了能尽快实现这个愿望,梭比马上就开始行动了。有不少方便快捷的方法都能实现这个愿望。找一家高档的酒店饕餮一番,结账之时才说出自己一文不名的真相,随即警察便可以悄悄将自己抓走。这个方法无疑是最美妙的一种了。而治安推事会帮自己将接下来的进程安排好。

梭比从长凳上站起身来,离开了广场,路上经过百老汇街与第五大道的交叉口,那片区域的道路上铺着沥青,路面非常平整。他从此处拐入百老汇街,在某处咖啡厅门前驻足。咖啡厅中灯光璀璨,衣香鬓影,夜夜笙歌,美酒、美食应有尽有。

梭比修了面,穿着一件还算高贵的上衣,还戴着一个干净漂亮的黑色领结——这是他在感恩节的时候收到的礼物，赠与他这件礼物的是教会的一名女士。对于自己上半身的装束，梭比自信满满。他要想让自己的行动取得成功，只需避开旁人的猜忌，抵达餐桌前，坐好就行了。之后，他的下半身便被挡了起来，而服务生在看到他上身的装束时，是一定不会起疑心的。首先，要点一只烤野鸭，然后要一支夏布利酒，跟着是卡门贝干酪，小杯的清咖啡，以及一支雪茄。梭比暗自思索着自己的菜单。他觉得点那种一支售价一美金的雪茄就可以了。为了不让咖啡厅方面疯狂，对自己采取过度的惩罚举措，最好不要点太贵的食物，让总价超出他们的接受范围。等这顿饭结束以后，他便可以得偿所愿，朝自己的避寒之地进发了。

只可惜，梭比一踏进餐厅大门，他下身所穿的破旧的裤子和皮鞋便被眼尖的服务生领班发现了。领班伸手便去推他，力气之大，速度之猛，让他根本来不及抗拒。领班推着他转过身去，一直静悄悄地将他推到了大街上。某只险些被梭比残害的野鸭，就此逃过了一劫。

梭比从百老汇街离开。他认为要抵达自己梦寐以求的那座岛，白吃白喝这个法子显然难以实施。眼下，只有再想别的办法了。

有座巨大的玻璃橱窗正耸立在第六大道的拐弯处，橱窗之中灯光华美，摆放着很多精致的商品。梭比望着这一幕，计上心头，遂拾起一块石头径直砸向橱窗玻璃。大家在一名巡逻的警察的带领下，匆忙从橱窗那边跑过来。梭比将双手插进裤子口袋中，笑眯眯地瞧着警察制服上钉的黄铜扣子，就那样心安理得地在原地待着，连一步也未曾挪动。

警察气冲冲地问他："朝橱窗扔石头的那人去哪里了？"

梭比反问道："难道您不觉得那人就是我吗？"他的语气之中微微带着讥讽之意，但是又好像遭逢艳遇一般，不带丝毫恶意。

然而，警察对梭比却没有半点儿怀疑。要是某人把橱窗打破了，逃跑还来不及呢，又怎么会在案发现场停留，还跟执法人员说这种废话呢？这时，警察发现有人正在前面追着一辆车跑个不停，于是便匆匆忙忙地带着自己的警棍上前追捕他。梭比的行动再度失败。他觉得非常苦闷，但是又没有办法，唯有继续走下去。

有家小馆子坐落在对面那条街上。在那里，只需要很少的一点儿钱就可以吃一顿饱饭。小饭馆里的气味很不好闻，环境非常差劲，餐具都是下等货色，餐巾纸也是单薄的劣等品。梭比走进这家小馆子，身上照旧穿着那条裤子和那双鞋子，这些先前使他计划失败的可恶玩意儿，此次竟然没有再度为他带来鄙薄的目光，真乃万幸。他坐到餐桌旁边，点了牛排、馅饼、煎饼、炸面包圈。吃饱喝足以后，他对服务生说，自己身上一分钱也没有。

"马上去把警察叫过来吧，我可不想在这里耽搁太长时间。"梭比这样说道。

服务生用奶油一样柔腻的声音说道："不用多此一举了。"他的双眼红红的，跟曼哈顿开胃酒里的红樱桃有一比。他喊一声："阿康，过来！"

接下来，他便与这位名叫阿康的服务生一起，麻利地推着梭比出了门。最终，让梭比左侧的耳朵先接触地面，跟着，整个身体就跟那硬邦邦、冷冰冰的人行道来了个亲密接触。梭比为了爬起身来，可是费了不少的力气，情况堪比木匠将折尺打开的过程。看来自己是无论如何都不能如愿以偿被警察抓起来了。他将身上的灰尘拍打下来，心想那座岛距离自己简直有十万八千里那么远。梭比看见有个警察就站在跟小饭馆隔了两家店的那个药材铺门口，不由得笑起来，随即继续前行。

在经过了五条街以后,梭比又振作起来。因为他发现了一个非常罕见的机会,利用这个机会,他有十足的把握,让警察将自己逮捕。只见这时有一个年轻姑娘正在橱窗前出神地凝视着里面陈设的货物。尽管她身上的衣服非常朴素,但这并不妨碍她成为一个容易叫人产生好感的好女孩。有个身材非常高大,且不苟言笑的警察,就在距离她有两码远的水管上倚靠着。

梭比打算假扮成一名小流氓,他坚信自己这次一定不会失手。要知道,他决定下手的可是一位文静秀气的好姑娘,而她旁边就守着一位认真负责的好警察。想想当自己被警察的手擒住的那一刻,感觉该是何等美妙啊!如此一来,今年整个寒冬,自己的生活都有了保障——自己可以顺利抵达那座舒适的小岛,并在那里安然待下去。

梭比将领结正一正,将衬衫袖子从外套袖口中拉出来,又将帽子向后扯了一下,险些将其扯落在地。之后,他便斜着身子,挤到了那位姑娘身旁。他又是冲她嘻嘻哈哈,又是冲她眉目传情,演绎了一个栩栩如生的流氓形象,将这类人所能做出的所有可耻行径一一搬上台面。他悄悄观察着那名警察的反应,发觉他正目不转睛地瞅着自己。姑娘退避了一段距离,继续欣赏橱窗里的货物。梭比壮壮胆子,再度贴到她身旁,并将自己的帽子向上抬了一下,问道:"碧得利雅,走,到我家去玩儿吧!"

此刻,那名警察依旧在目不转睛地望着这一幕。一旦这位姑娘不堪继续忍受这种侮辱,冲那警察挥一挥手,便可以将梭比送去那座舒适的岛了。那种暖和舒服的感觉,梭比已经在心中提前享受到了。这时,姑娘扭过身来,与他面对面,然后便将他外套的袖口捏在了手中。

她用一种快活的语气说道:"迈克,别小气,去买杯啤酒给我吧,那样我一定会答应你的。说实话,我一早就想跟你说话了,都怪那个警察,一直紧盯着我不放。"

接下来,他便变成了一株高大的橡树,而那位姑娘则变成了常春藤,缠绕在大树身上。在经过那名警察身边时,梭比简直沮丧透顶。自由可真是他不可改写的宿命啊!

转了个弯以后,他马上便丢下这位姑娘落荒而逃,一直逃到很远处才停了下来。在此处,有着世间无与伦比的光亮、盟誓、歌舞,以及快乐。尽管天气酷寒无比,但并不妨碍那些身着动物皮毛的女士和套着大衣的男士愉悦地漫步。梭比觉得自己仿佛被什么可怖的法术给控制了,永远都无法遭到警察的抓捕。想到这一点,他突然生出了一种惊惧的感觉,几乎被吓得魂飞魄散。这会儿,在被灯光映照得恍如白昼的歌剧院前面,有个警察正在大摇大摆地巡视着治安。梭比望着他,旋即便想到了一条能让自己被捕的罪名——扰乱社会治安。

于是,梭比开始在大街上模仿那些喝得酩酊大醉的酒鬼,张牙舞爪,大喊大叫。他用尽一切方法,要把眼前的良辰美景破坏掉。

哪知警察却转过身去,背对梭比。他一面晃动着自己的警棍,一面跟行人解释道:"这家伙在耶鲁读书,他这是在为胜利欢呼呢!要知道他们在跟哈特福德的比赛中大获全胜,而对方甚至连一分都没得到。他是闹得有点儿吵了,不过没关系啦!上面已经说过了,不管他们想怎么庆祝,都由得他们好了。"

看来再闹下去也是徒劳,梭比只得郁闷地静了下来。是不是这辈子都不会有警察来找自己的麻烦?那座岛现在对他而言已经成了一片世外桃源,只可远观,却无法靠近。刀子一样的冷风吹过来,为了御寒,梭比只好将自己薄薄的外套上的扣子重新扣好。

有个衣着华贵的人正在一家雪茄店中点烟,刚才他走进去时,顺势便将自己的伞放在了门那边。梭比见到这一幕以后，便跟着走进了那家店，将他的伞拿在手中，接着便不动声色地走出店门。伞的主人急忙追出去。

他大声喊道："那把伞是我的！"

在犯下盗窃罪的同时，多犯一项侮辱罪又何妨？梭比于是轻蔑地笑起来："你的？既然如此，你怎么不叫警察过来呢？的确，我是拿走了你的伞！你尽管叫警察来抓我呀！你瞧，有个警察就站在拐弯的那地方呢！"

伞的主人将步伐放缓，梭比也随之做出了相同的举动。这一回，看样子还是行不通的，梭比心中已经预感到了。那名警察望着他们，不明所以。

伞的主人说道："不错，是这样的，这种误会是常有的事，我想你也应该很清楚……这……这把伞如果真是你的，希望你不要介意……今早我在餐厅拾到了这把伞……你如果真的已经认出了，这就是你的伞，我……我请你不要……"

梭比凶巴巴地说道："这就是我的伞！"

这位过期主人闻言，只得讪讪地回去了。而那名警察这会儿正忙着向一位身材高挑的女士献殷勤。那名女士长了满头金发，身上裹着晚礼服斗篷。在一辆车距离她还有两条街的时候，那警察便急急忙忙地过去护送着她横穿马路。

东面有一条街正在翻修，路面一片坑坑洼洼。梭比朝东面走去，在横穿这条街时，他再也无法抑制自己满心的怒火，将那把伞狠狠地扔到街面某个坑里。他巴不得可以被逮捕入狱，无奈那些脑袋上扣着钢盔，手里握着警棍的警察们，却一定认为他就像国王一样，与错误无缘。梭比将自己满腹的怨言小声地嘟囔出来。

后来，他来到一条又安静又昏暗的街道上，从这里可以直接抵达东区。他下意识地想要回到自己的家——位于公园中的那条长凳，于是便沿着这条街，走向了麦蒂逊广场。

他在走到某处拐弯的地方时忽然停了下来。周围静悄悄的，有座历史悠久的教堂就坐落在此处。教堂附带着山墙，整体而言非常古朴大方。教堂的玻璃窗户呈现淡淡的紫色，透出温和的灯光。肯定是演奏风琴的乐师正在里面练习赞美诗，等到周日的时候便能派上用场了。梭比听到那动听的音乐声，不由得驻足在螺旋状铁栅栏旁边，开始静心欣赏。

辽远的天幕上悬挂着一轮皎洁的明月。周围很少有路人或是车辆经过，宛如位于乡间的教堂墓地一般，这里只有那些已经在屋檐下面的窠巢中入睡的小鸟们偶尔发出一两声梦呓。梭比趴在铁栅栏上，整颗心都被这赞美诗的乐曲声打动了。先前的时候，赞美诗与他是亲密的好友，那时候母亲还没有离他而去，爱情、友情、理想也都围绕在他身边，那时的他，从外在的衣衫到内在的灵魂都异常干净，毫无瑕疵。

在不知不觉间，梭比已和这座古老教堂的灵魂融为一体，这使得他的思想豁然开朗。他马上看清了自己的生活现状：长久以来，自己一直自甘堕落，内心深处早就对一切都失去了希望，只余下卑劣的欲望，而为了实现这些可耻的欲望，自己甚至已将所有智慧都耗光了。

梭比的思想在刹那间上升到了一个全新的高度，这使得他的情绪异常高涨。他的体内生出一种强大的冲动力量，在此驱使下，他急切地想要直面生命中的各种挑战。他下定决心，要将统治自己灵魂的魔鬼牢牢掌控在手中，将自己从堕落的深渊中解救出来。毕竟，他的青春还没有逝去，还有挽回的机会。他要将过去的理想找回来，为了将这理想变为现实，他可以付出一切努力。他的心底已经发生了天翻地覆的巨变，而引起这巨变的源头就是那美妙优雅的风琴声。曾经有位做进口皮货生意的商人，邀请梭比担任司机一职。梭比现在迫切需要一份工作，于是他打算明天就去商业区找那位商人，将那个司机职位承担下来。他要成为一个名人，让自己的大名传遍大街小巷，他还想……

一只手忽然落在了自己的手臂上，梭比有所感知，便立即转头去瞧。随即就有一个脸庞宽阔的警察闯入了他的视线。

那警察问道："你待在这里做什么呢？"

梭比答道："我什么都没做呀。"

警察道："跟我过来！"

翌日早上，法庭对梭比的宣判结果如下："押送至布莱克威尔岛服刑三个月。"

剪亮的灯

南西和卢是闺中密友,南西一门心思想要嫁个有钱人,卢有个稳定的男朋友。事情的发展阴差阳错,有钱人喜欢的居然是卢,而南西和卢的男朋友走到了一起,令人啼笑皆非。

这是一个具有两面性的问题，我们不妨先瞧瞧这第二面是什么。我们总会听人提及"商店女孩"这样的称谓，但其实并没有这样一类人的存在，只有在商店工作的女孩，她们靠这样的工作来维持生计。但是，为何要用工作职位来做她们身份的定语呢？我们应该公平一点儿，要知道，可从来没有人用"婚姻女孩"来形容那些居住在第五大道的女孩子们。

卢与南西是一对密友，她们的故乡非常贫困，所以她们才来到这座大城市打工。卢今年20岁，南西19岁。这两个乡下女孩都很美丽，很活泼，她们并没有野心到舞台上展示自己。

在天上的小天使的指引下，两位姑娘顺利租到了又廉价又体面的房子。她们双双找到了工作，受雇于人。不过，她们的友谊并没有发生一丝一毫的改变。半年过去了，现在请允许我将这两位姑娘介绍给你。好奇心旺盛的读者们，这就是南西小姐与卢小姐了，我的两位女性朋友。当你和她们两位握手时，留神她们的装扮，不过千万要谨慎一些。她们厌恶别人直勾勾地望着自己，在这一点上，她们与那些在包厢里观看赛马比赛的贵妇没什么区别。

卢是一名计件工，工作职责就是在洗衣作坊里熨烫衣服。她身上这件紫色礼服并不合身，装饰在帽子上的羽毛也长了4英寸。不过她的围巾和貂皮手筒可是价值不菲，定价高达25美元。当然了，在即将过季的时候，其定价就会降至7.98美元。卢长着一双明亮的蓝眼睛，脸色呈现粉红色，全身释放出一种对现状的满足感。

既然你已经有了那样一种习惯，那么在见到南西之后，就难免会将她的称谓定位为"商店女孩"。其实并不存在商店女孩的标准模样，不过有的人一定要找出这样一种标准不可，像南西这样的女孩应该就符合他们心目中的标准。她的发型是那种高高的蓬巴杜发型，双眼总是直视前方，神情非常夸张。她穿着设计时髦的裙子，不过裙子的质地却非常糟糕。在乍暖还寒的初春，她买不起御寒的皮草，只好穿一件绒面的短夹克，但瞧她那骄傲的神色，就好像自己身上这件夹克的质地是波斯羔羊皮一样。她的眼神，她的表情，无一不是标准的商店女孩的写照。她用倔强的表情默默抗议着年华的无情流逝，对将要到来的报应展开悲观的预言。那样的表情在她朗声大笑的时候也不会消失。我们能在俄罗斯农夫眼中发现与之一模一样的表情。当有一日加百列对我们发动进攻时，我们之中的幸存者同样能在他的脸上找到一样的表情。男士们在见到这样的表情之后难免会感到羞惭，可是，他们还是会照旧傻笑着送上花束。

是时候拾起你的帽子，跟我一块儿离开了。因为卢已经欢快地跟你道了别，而南西也已经冲着你甜甜一笑，尽管这笑容之中包含着讽刺的意味。这种笑容好像飞过来追上了你，然后又仿佛飘逸的白蛾般攀上房顶，飞到高远的天空中去了。

两个女孩站在街道一角等待丹。丹与卢的关系非常牢固。他是个忠诚的家伙吗？要是玛丽为了寻找羊羔，来找传票服务人员帮忙时，丹永远都会在一旁伸出援助之手。玛丽与她的羊羔是英国儿童歌谣中的角色。

卢问："南西，你冷不冷？你真蠢，居然在那个老店里做周薪只有8美元的工作！你知道吗，单是上个礼拜，我的周薪就达到了18.5美元。比起站在商店柜台前售卖花边，熨烫衣服的确不是什么体面的工作，可是赚钱多呀。做我这份工作，周薪最低也能拿到10美元。更何况，我也并不觉得这份工作有多么不体面。"

南西皱着鼻子说道："你尽管继续做吧，不要把我拖下水。我宁可继续拿 8 美元的周薪，继续住在客厅里。我喜欢跟那些有钱人和漂亮东西打交道。再说了，我在商店有大把良机！我们店里有个卖手套的女孩就嫁给了一个百万富翁，那家伙是个钢铁制造商或是铁匠之类的人物，从匹兹堡那边过来的。我相信迟早我也能找到这样一个有钱的老公。我这样说，并非在为我的长相或是其他优点吹牛。不过良机就摆在面前，我可不想错失。一个女孩子在洗衣作坊里工作能有什么前途呢？"

"你这种说法我可不赞同，丹跟我就是在洗衣作坊里遇上的。"卢非常骄傲地反驳道，"那天他来作坊里拿自己的衬衫和衣领——这些东西他周日就要派上用场了——当时我正在最前面的那张桌子上干活。在这里干活可是作坊里所有女孩的心愿呢，正好艾拉·马金尼斯那天生病了，所以我才能代替她，占据了那个好位子。我总是在熨烫衣服的时候，将袖子捋上去。丹告诉我说，当时他一下子就被我雪白丰满的手臂给吸引住了。很多有钱人也会到洗衣作坊里来，他们总会将要洗的衣服放在衣箱里提着，在走到店门口时，骤然转入门来。"

南西说："卢，你怎么能穿这种衣服呢？"她的眼皮垂下来，轻蔑地审视着那件衣服，"你的品位简直糟糕透了。"

"你是说我这件衣服？"卢双眼大睁，抗议道，"我可是花了 16 美元才买到这件衣服呢，而且它的真实价值高达 25 美元。这是某位女士送到作坊里来清洗的，不过她之后却没过来把它拿回去。于是老板就将它卖给了我。你瞧，光是这衣服上的手工刺绣就有好几码长。再看看你身上穿的那件玩意儿，既朴素又丑陋，我想你还是先管好你自己吧。"

南西泰然自若地说道："你口中'既朴素又丑陋'的玩意儿，可是依照范·阿尔斯丁·费舍尔夫人穿过的一件衣服仿制的。这位夫人去年在我们商店中的消费高达 1.2 万美元，这是听我的同事们告诉我的。我身上的这一件成本才 1.5 美元，是我自己亲手缝制的。你要是站在距离我十英尺开外的地方，几乎找不出这件复制品与原件的差别。"

卢的态度缓和下来，说道："好了，要是你想饥肠辘辘地显摆，请便。我会继续做我那份工作，领取我那份不错的薪水。在工作之余，我可以用自己赚的薪水买些漂亮又特别的衣服，当然，价格要在我的承受范围之内。"

就在这时，丹过来了。他是一个非常成熟的年轻人，脖子上还系着领带，在他身上完全找不到城市人的浮躁情绪。他的职业是电工，每周能够领取30美元的薪水。这会儿，他似乎将卢身上那件绣花的衣服看成了一张会吸住无数苍蝇的网，不禁流露出满眼悲哀之色，那眼神就仿佛莎翁笔下的罗密欧一般。

卢说："这是欧文斯先生，我的朋友——去和丹弗斯小姐握手。"

丹伸出手去，说道："丹弗斯小姐，很高兴能见到您，卢经常在我面前提起您的芳名。"

南西用自己冰凉的手指尖触碰了一下丹的手指，说："谢谢，我，偶尔，也会听到她提及您的大名。"

卢不由得笑出声来，问她："南西，难道范·阿尔斯丁·费舍尔夫人也是像你这样跟人握手的吗？"

南西说："要真是这样，你在复制我这个动作的时候，就不用担心什么了。"

"哎，这哪是我这种身份的人能做出的动作？对我而言，这简直太时髦了。像那样，将手高高抬起，目的是展示手指上的钻石戒指。等我有了戒指以后，再尝试也不迟。"

南西明智地说："先尝试着不好吗？这样一来，你要得到戒指，就更容易了。"

丹开朗地笑起来，他说："我有个办法，能够解决你们的分歧。

原本在这种情况下,我最应该做的是带你们去蒂凡尼珠宝店,不过我显然没有这样的本事,所以我想请问一下,咱们去看一场杂耍表演怎么样?我有门票。我们去瞧瞧在舞台上展览的钻石。既然不能跟那些戴真钻石的人握手,我觉得这个办法也不错,你们认为呢?"

说着,这位忠诚的男友便走到了马路的外侧护住两位女士。卢像只孔雀一样,一袭艳丽华服,就靠在他身边行走。走在最里侧的是南西,她的衣服朴素得好像一只麻雀,她的身材也非常瘦弱,不过她却在用标准的范·阿尔斯丁·费舍尔夫人走路的方式行走着。一行三人朝着今晚廉价的消遣场所进发了。

我认为,应该没多少人会将一间大百货公司看作是教育机构吧,当然,南西是个例外。想象一下,终日有无数精美的商品环绕在你身边,为你制造出一种高贵优雅的氛围。无论你是否为这种氛围的营造支付了钱财,只要你身处其间,便可以将这种高贵与优雅据为己有。

女性在南西的顾客之中占据了大多数。这些女士无论是谈吐、衣着、身份,都是社会上的佼佼者,也是众人关注的焦点。南西时常会按照自己的需要,学习她们最突出的优点,用于弥合自己的缺陷。

她从其中一个那里学到了一种手势,并不断练习,又从另外一个那里学会了在与人辩论时,挑起一条眉毛,她还从其他人那里学会了该如何走路,提包,微笑,问候朋友,以及在车站面对那些低人一等的家伙时应该如何应对。范·阿尔斯丁·费舍尔夫人作为她最尊崇的偶像,教会了她在说话的时候,要用一种温柔而低沉的声音,字字句句要清朗如银铃,美妙如画眉鸟的叫声。这种高贵优雅的氛围终日笼罩在她身边,让她无法脱离其间,从而不可避免地受到了更深层次的影响。良好的原则比不上良好的习惯,但也许良好的习惯在良好的举止面前也要甘拜下风。若是你在一张靠背笔直的椅子上坐下来,并反复将"棱镜与朝圣者"

剪亮的灯

念叨上四十次，那么魔鬼一定会从你身边逃离出去。南西在用范·阿尔斯丁·费舍尔夫人的腔调发言时，她简直能从自己的骨髓深处感受到一种天生贵族的快感。

在这所大百货公司学校中，还有一个知识源头。你时常会见到有三四名商店女孩聚成一堆，像是在闲话家常，间或还会响起手镯叮叮咚咚的伴奏声，你若是认为她们不过是在窃窃私语，非议艾瑟尔的发型，那么你就大错特错了。事实上，男士们中间也经常会举办类似的聚会，商店女孩的聚会可能在形式上不够正式，但是其重要程度却可以与夏娃首度与自己的长女举行的会议相媲美。夏娃与自己的长女在那次会议中，让亚当对自己在家庭中的位置有了明确的了解。那次会议可以说是一场女性的战略大会，目的是抵御全世界，尤其是男士们。如果将世界比作一个舞台的话，那么男士们就是一帮在台下欣赏表演的观众，一味卖力地将鲜花扔到舞台上面。在一切小动物之中，女性无疑是最为弱小的一种。她们像小鹿一样优雅，却不能像小鹿一样迅捷行动；她们像小鸟一样漂亮，却不能像小鸟一样展翅高翔；她们像蜜蜂一样甜美，却不能像蜜蜂一样——不，这个比喻到此为止，说不定我们之中的某些人早已经被蜇伤了。

在这样的战略大会上，她们会将自己在人生战场上采取的策略讲出来，相互交流，丰富彼此的武器装备。

萨迪说："我跟那家伙说，你真是过分啊！居然胆敢跟我说这样的话，你到底把我看成什么人啦？对此，他给我的答复是什么，你们不妨猜一下！"

于是好多个褐色、黑色、淡黄色、红色、黄色的脑袋全都集中到了一块儿，将自己的答案说出来，并最终决定使用其中一种最为尖锐刻薄的言辞作为武器，日后跟大家共同的敌人——男人开战。

南西就是通过这样的途径学到了怎样进行优雅的防御。防御成功的女性,便是将最后的胜利牢牢把握在了手中。

在大百货公司上的课可以说是五花八门。任何一所大学之中都不可能教授给她这么多东西,帮助她实现自己对美好婚姻的野心。

南西在商店中占据着一个非常有优势的位置。她所在的部门靠近乐器部,因此,她时常能欣赏到世界顶尖的乐曲,最低也能做到熟悉这些曲子。这样一来,等到日后她想去社交界发展时,便可以在音乐鉴赏方面蒙混过关。此外,她不断地接触昂贵讲究的布料、艺术品、装饰品——这些东西的地位简直能与女性的个人修养平起平坐——这些都对她产生了极大的影响。

南西的野心很快就被其他商店女孩察觉到了。每当有看起来很有钱的男士朝南西所在的柜台靠近时,女孩们便会喧嚷道:"南西,你的百万富豪过来了!"很多陪自己的女伴出来购物的男士由于耐不住等待的乏味,经常会晃悠到南西的手绢柜台面前,欣赏里面陈设的麻纱质地的手绢。男士们都被南西漂亮的外表以及那种依靠模仿才拥有的优雅气质吸引住了。不少男士就是因为对南西产生了好感,才特意到她这边来炫富。不过,他们之中的大多数都是冒牌富豪,只有为数不多的几个可能真的是身价不菲。至于怎样区别这两种人,南西已经找到了诀窍。有个窗口就开在手绢柜台的最末端,南西透过窗户便能望到顾客们停在路上的汽车。她明白车与车之间的区别,这跟人与人之间的区别,其实是同一个道理。

一天,一位迷人的绅士买下了四打手绢。当时,他站在柜台前跟南西打情骂俏,那姿态简直跟传闻中富甲天下的非洲科菲图雅国王没什么两样。他离开以后,有个女同事问南西说:"南西,刚刚你为什么对那个人不冷不热的呢?我觉得他千真万确是个有钱人。"

南西像范·阿尔斯丁·费舍尔夫人那样笑起来，笑容极其冷静、客观、甜美，她说："这人可入不了我的眼睛。我看到他乘坐的那辆汽车了。那辆车只有十二马力，司机还是个爱尔兰人！你看到他买的手绢是哪一种吗？是丝绸的！他甚至还得了指甲炎！拜托，来个真正的富翁好不好？要么就什么人都不要来。"

领班和收银员是商店中最为精明的两位女士，两人有好几个"有钱的绅士朋友"，经常与之共进晚餐。南西有次接到他们的邀请，跟随他们到一家非常豪华的餐厅吃晚餐。据说，要想在那家餐厅度过除夕夜，必须在一年之前就订好位子才行。当晚有两位男士前来赴约，他们之中的一位头发已经全秃了，都是生活太过奢靡所致啊。另一位还是个小伙子，不过他却喜欢让人觉得自己既成熟又高贵，证据之一就是，不管哪一种酒，在他闻起来都有一种软木塞的味道，这叫他非常恼火，而另外一个证据就是他的袖口纽竟然是钻石制造的。这位年纪轻轻的绅士发掘出南西与众不同的优势所在。原本他就喜欢跟商店女孩交往，现在见到南西，发现她既有他所在的上层社会的高贵气度，又保留着她既有的商店女孩的坦率的魅力。翌日，他便来到百货公司，买下了一箱用原始方法漂白的爱尔兰锁边手绢，然后煞有介事地请求南西嫁给自己。南西想也不想便拒绝了他。南西有位同事一直在十英尺之外的地方冷眼旁观，她的头发呈现棕色，同样梳理成了蓬巴杜发型。当那位绅士被拒离开之后，她便上前噼里啪啦地痛斥起南西来。

"你简直愚蠢得可怕！你知道那人是谁吗，他可是老范·斯吉特尔斯的侄儿，真真正正的富豪啊！更何况，他对你这么上心。南西，你竟然拒绝了他，你是不是已经疯啦？"

"我疯了？"南西说道，"就是因为我拒绝了他，所以我就疯了？其实很容易就能看出来，他压根儿就不是什么富豪。每年他能从家里领取的不过就是两万美金的零花钱罢了。为此，那个秃头的男人还曾笑话过他呢，这是那晚一起用餐时我亲耳听到的。"

梳着蓬巴杜发型的棕发女孩朝着她走近，同时双眼都眯了起来。

她问南西："喂，你究竟想要什么？"她的嗓音听起来有些沙哑，因为嘴里没嚼着口香糖。"难道你觉得这么多钱还不够用吗？你是不是想成为摩门教徒，跟洛克菲勒、戈拉德斯通·杜威、西班牙国王这一堆人一块儿结婚？你是不是觉得每年两万美金还是配不上你啊？"

在对方那双黑色的目光短浅的眼睛的审视下，南西的脸色微微变红了。

她说："卡莉，钱并非全部的原因。当晚我们共进晚餐之时，他说了很多谎话，当场就被他的朋友抓住了把柄。他说自己并未带一个女孩去电影院，但事实并非如此。说谎话的人最叫我反感。这么多的原因导致我对他产生不了好感，所以我不能接受他。我不会把自己廉价地售卖出去。我一定要找到一个真正的绅士，正正经经地在椅子上坐着的那种。是的，我正在寻觅结婚的人选，这个人绝不能像小孩子的玩具存钱罐一样只会制造些噪音，而不会做任何实事。"

梳着蓬巴杜发型的棕发女孩说道："你这样的人迟早要被关进疯人院！"说完这话，她便走了。

这些高人一等的思想，若是眼下还够不上理想的标准，南西便将靠着8美金的周薪继续坚持下去。她每天吃着干面包，过着拮据的生活，却从不放弃对那尚不明朗的庞大目标的追逐。她总是维持着那种冷淡、决绝、甜美、严酷的笑容，像一名猎人，誓要捕获一只理想的猎物。对她来说，百货公司就是一片大森林，她曾经几度遇到看似理想的猎物，正准备射击时，忽然又停了下来，转而寻觅其他猎物。个中原因系一种准确无误的深刻本能，不知是源于她的猎人身份，还是源于她的女性直觉。

卢在洗衣作坊工作得如鱼得水。她领取18.5美元的周薪,住宿和吃饭要花掉其中的6美元,余下的钱基本上都用来买衣服了。她要想提升自己的气质与品位,机会自然没有南西那么多。她在热气腾腾的洗衣作坊中,脑子里除了工作和晚上的消遣以外,没有其他想法。她的熨斗熨平了一件又一件名贵精致的衣服。或许就是这只熨斗将她与这些衣服紧密连接起来,让她对美丽华服的爱慕之情与日俱增。

每天下班时,丹总会等在洗衣作坊外头迎接她。他对她无比忠诚,就如同影子一样,无论主人置身于何种光亮的环境之中,影子都会陪伴在她身边。

卢身上穿的衣服越来越时髦,老实说,也越来越扎眼。这是丹在看到她时,时常会产生的一种感觉,这让他感到有些不知所措。但是他对女友的爱并不会因此减淡,他只是不喜欢她身上的衣服让她成为路人关注的焦点而已。

对于自己的密友南西,卢的热情一如往昔。不管她与丹要去哪里玩,都会叫上南西,组成一支三人队伍。对于这个附加的担子,丹并没有丝毫怨尤,相反,他非常愉快地接受了。三人在一起玩乐的过程中,分工是这样的,卢负责丰富颜色,南西负责提升品位,而丹则负责背负担子。作为一名护花使者,丹身上总是穿着崭新干净的衣服,并系着领带。在担子面前,他绝不会生出半分惊讶,也不会懦弱得承担不起,他永远都表现得那样灵活、真挚、可信。可以说,丹是这样一种人,当你跟他在一起时,完全感觉不到他有何特别,然而,当与他分开以后,他却会时常闯入你的脑海之中,叫你难以忘怀。

南西的品位相当之高,可是他们现在所能享受到的消遣显然不能满足她的品位要求。幸好她还是个年纪轻轻的姑娘,人处在这种年纪时是没有资格挑三拣四的。在这样的前提下,唯一的解决办法就是服从现实,将就一些了。

有一回,卢跟南西说道:"丹一直希望我们可以尽快结婚,但这并不符合我的意愿。现在,我谁都不用倚靠,我自己赚钱自己花,爱买什么都可以。一旦我跟丹结了婚,要想再出来工作,一定会遭到他的坚决反对。唉,南西,你干吗一定要坚持在那家百货公司上班呢,赚的薪水既不能果腹,又不能买好衣服穿。只要你说句话,我立刻就能介绍你来我们的洗衣作坊里工作。要是你的薪水高一些,你肯定就不会像现在这样孤傲了。不瞒你说,我从很早以前就是这样想的,直到现在这种观点也没有改变。"

南西说:"卢,我不觉得自己有多么孤傲。其实,薪水太低对我而言算不了什么,相比之下,我还是喜欢做我现在这份工作,可能已经习惯成自然了吧。我当然不会想要一辈子做售货员,我最看重的是百货公司能提供给我的机遇。在那里,每天我都能接触到很多新鲜的知识,每天我都要跟很多有钱人打交道,虽然他们只是我的顾客而已,但是我可以从他们身上学到许多东西,不断充实自己。"

卢讥笑道:"那你找到你的百万富翁了吗?"

南西说:"正在选择的过程中,现在还没得出最终的选择结果。"

"天哪!难道你手头上有一堆有钱人任你选择吗?南西,要是找到了一个,就要抓紧啊,就算他跟你的标准差了那么一点点也无所谓。不过,像我们这种外出工作的女人,那些百万富翁可能根本就瞧不上眼吧。"

南西理智地说道:"像我们这样的女人才可以帮助他们好好打理财务,所以我们是他们的明智之选。"

卢笑道:"要是有个百万富翁和我搭话,我肯定会吓傻了,根本不知道该怎么应付他。"

"你是对那种人不熟悉才会这样。其实跟普通人比起来，有钱人更需要你严加看管。卢，你不觉得你的外套的红色缎面里子有点儿刺眼吗？"

卢瞧了瞧南西身上那件浅绿色的短款外套，说道："我没觉得。要说刺眼，可能是跟你这件掉了颜色的玩意儿对比出来的效果。"

南西骄傲地说道："我这件衣服，是仿照范·阿尔斯丁·费舍尔夫人上回穿过的那件做的，两者没有任何差别，但是我的成本只有3.98美金，她的那件只怕另外多付了100美金。"

卢不以为然地说道："哦，不过我并不认为，百万富翁在见到这件衣服以后就会乖乖地对你俯首称臣。我可能会在你之前率先钓到一个金龟婿呢。"

两位闺中密友各有各的想法，要评断这两种想法孰是孰非，大概只有哲学家才能做到吧。有的女孩喜欢待在良好的工作环境之中，当然，同时也是为了满足自己的虚荣心，就算只能拿很低的薪水，也要在写字楼或是百货公司中任职。卢并不像她们那样别扭又娇气，她可以在洗衣作坊那种室闷又嘈杂的环境之中握着自己的熨斗干活，还能每天保持心情愉悦。她可以拿到足够的薪水，舒舒服服地过日子，还能经常为自己添置漂亮的衣服。她对衣服的高要求让她经常对丹的衣着感到不满，尽管丹对她忠心耿耿，绝无二心，并且每天都穿戴得干净整齐，但是按照卢的标准看来，他的衣着档次始终不够高。

南西的观点则与一般人如出一辙。她认为那些专为女性存在的珠宝、绸缎、花边、装饰、香水、音乐等上层社会必备品，自己也有权享有。她对它们无限向往，简直已将它们视作了自己生命中不可分割的一个组成部分。既然如此，她便放胆去追求这些东西好了。如以往那般,为了一碗红豆汤就将自己的长子身份出卖的行为,叫她嗤之以鼻。她绝对不会做出类似的愚蠢行径,不管多么饥肠辘辘,断然不能为了眼前利益放弃长远利益。

在这样的环境之中,南西早已没有了任何不适的反应。她吃着廉价的食物,穿着廉价的服装,并乐此不疲。有关女性的状况她已经全都掌握了,那些能够成为她的猎物的男士才是她如今的研究对象,她的主要切入点就是自己的要求标准和这些男士自身的条件。她相信迟早她会得到自己理想的猎物。从很久之前,她便下定决心,绝不能对那些距离自己的要求有差距的猎物妥协,就算这中间只有微乎其微的一点点差距,也坚决不能妥协。只有在找到完全符合自己要求的完美猎物时,才能出手,并且要倾尽所有,势必要将其据为己有。

为了达成这个目标,她将自己的灯点亮,静候理想猎物的到来。

不过,她得到了另外一个教训,这个教训也许是在无意之间得到的。她评价一个人的价值的标准开始发生变化。某些时候,她会觉得有没有钱其实并不那么重要,相较于金钱,"真理""荣誉",甚至是"仁慈"则显得更为重要。比如说,某个猎人去森林中狩猎,想要捕获驼鹿或是麋鹿。然而,他却在其中发现了一个长满了青苔的三角洲,周围被浓密的绿色植物环绕,中间缓缓流淌着一条小溪,轻歌曼吟地对他描述着闲情雅致。就算是耶和华面前的英勇猎户宁录在这样的环境之中,也难以再将自己的武器拿起来,继续狩猎。

南西有时会很疑惑,在那些身穿波斯羊羔皮的人心目中,这张皮草是否像市场上宣扬的那样价值高昂。

这天是周四,黄昏时分,南西走出百货公司,横跨第六大道,然后朝着洗衣作坊所在的方向——西方进发。上一回,卢和丹跟她约好了,要一块儿去欣赏一出欢快的音乐剧。

抵达洗衣作坊时，刚好见到丹从里头走出来，表情非常紧张怪异。

丹说："我到这边是为了询问她的下落。"

"她是谁？"南西说，"难道卢没在这里吗？"

丹说："她从周一开始就没来上班了，去她住的地方也找不到她，她已经带走了全部的衣服。听她的一个同事说，她应该是打算去欧洲。这些事，我还以为你早就知道了。"

南西问："那最近有没有人看到过她？"

一听这话，丹那双眼神坚毅的灰色眼睛里便迸射出了金属一样的光泽，他咬牙瞪着南西，脸色看起来非常糟糕。

他用沙哑的嗓音说道："听洗衣作坊里的人说，南西昨天曾经乘坐着汽车从这边经过。她应该是傍上了一个百万富翁吧。那样的家伙不是你跟卢一直心心念念想要得到的如意郎君吗？"

生平第一次，南西在面对男人时感到了怯场，她的手略微有些颤抖，她就用这颤抖的手压住了丹的袖子。

"别跟我说这样的话，丹，这根本就不关我的事！"

丹的情绪稍微缓和了一些，他说："我并非想要责备你。"说着，他便伸手在自己的衣兜里搜索了起来。

他强作欢颜，说道："我手头上有音乐剧的入场券，要是你——"

南西说道："丹，那我们就一块儿去看戏。"对于这些真正的男子汉，南西一直怀有一种敬佩之情。

三个月之后，卢终于露面了。

那天傍晚，南西正沿着某个僻静的公园旁边的小路，疾步往家里赶。忽然之间，她听到不知什么人在叫自己，于是扭回身去。当时，卢恰好疾奔过来，一下子便投入了她的怀中。

两位姑娘彼此拥抱了一下，然后都将脑袋高扬起来，活像两条蛇一样,做好了随时先发制人的准备,就算稍后不会展开一场激斗,至少也要先在气势上占据优势地位。刹那间,已经有无数个问题涌到了两人嘴边。很快,南西就发觉卢浑身穿着名贵的皮草和做工精致的服装,此外,还佩戴着闪闪发光的珠宝首饰,情况与之前大相径庭。

卢热情地高叫道:"你真是个傻姑娘!瞧你身上的衣服还是这样不体面,我猜你直到现在还没换工作吧。你有没有捕捉到你的猎物呀,想必是没有吧,我猜得对不对?"

卢飞快地审视了一下南西,随即发觉南西得到了一样比物质条件的改善更为美好的玩意儿,这使得她双眸晶亮,简直要亮过宝石,面孔娇艳,简直要胜过玫瑰。

南西说:"没错,我现在还在百货公司工作呢,不过下周我就要辞职了。天下间最好的猎物已经被我捕获了。卢,你应该不会介意吧?——我和丹就要结婚了,丹就要成为我的新郎了!眼下他已经是我的丹了——啊,卢,你怎么了!"

有个刚刚入职的新警察,从公园的拐弯处缓步走过来。他的面颊非常光滑,一点儿皱纹也没有,显然年纪还非常轻。在警察之中出现这样的新面孔,会提升人们对警察的好感,至少打眼看来,感觉的确如此。年轻的警察看到有位女士正趴在公园的铁栅栏上哭得非常凄凉,她身上是一袭名贵的皮草,手上还戴着钻戒。另有一名身材窈窕,明显是一名打工者的女士正在她身旁劝慰她。警察是新式的吉布森作风[①],对这一幕视若无睹,不动声色地走远了。虽然他用警棍将路面敲击得震天响,但是他的理智却明确地告诉他,这种事不在自己的权力掌管范围之内。

---

① 吉布森,美国插画家,其创作的人物是19世纪90年代美国时尚的代名词。

婚姻手册

　　"我"在偶然之中读到了一本知识手册,学会了许多科学知识。于是"我"决定利用这些知识去追求一位身份高贵的寡妇,到底能不能成功呢?

作为本文的作者，我桑德森·普拉特有理由相信本国的教育体系理应交由气象局统一管理。对此，我的理由非常充足，但你却提不出拒大学教授们于气象局门外的理由。教授们全都是有文化的人，要读懂早报简直不费吹灰之力，他们将早报上的天气预报用电报的方式打回气象局总部。至此，该问题的第二面已经阐述完毕，接下来，我要向大家表明，爱达荷·格林与我是怎样由气象之中得到了完善的教育。

那时候，我们两个去蒙塔纳地区寻找有开采价值的金矿，于是便抵达了苦根山。有个长着络腮胡的沃拉市男子，认为在当地根本找不到什么矿藏，想打道回府，遂将自己的食物和设备全都卖给了我们。这些食物简直可以喂饱一支处在休养生息阶段的军队，我们俩就在山下停留下来，一步一步缓慢地寻觅。

后来有一日，有个邮差骑着马从卡洛斯赶了过来。从我们这边经过时，邮差停下来休息了一阵子，吞下了三盒青梅罐头，还把一份挺新的报纸留给了我们。报纸上刊登着天气预报，有关苦根山地区的天气，上面写着："天气晴暖，微有西风。"

当晚下起了雪，并伴有狂烈的东风。当时才11月份，爱达荷和我都觉得这场风雪不会持久，于是只能搬到了海拔稍高的山上的一间旧木屋里去暂作躲避。哪知后来眼见大雪足足累积了3英尺的厚度，却仍继续下个不停。到这时候，我们两个才意识到要被大雪围困了。不过我们两个倒没有多么担忧，因为我们有足足可以吃上两个月的食物，而且早在雪还没有累积得太厚之时，我们就已备好了充足的柴火。所以，不管风雪如何愈演愈烈，甚至最后将整座山都封锁了，对我们而言都无所谓。

不过，谁要是想叫两个人互相残杀的话，便可以将他们囚禁在一个长20英尺、宽18英尺的小房间里，囚禁的时间不用很长，一个月便足够了。这样的环境，换成任何人都承受不了。

一开始的时候，爱达荷·格林和我还整天有说有笑的，在将我们称为"面包"的那玩意儿倒出锅来的时候，还能说上几句赞美之词。然而，二周过后，爱达荷却对我说出了这样一番话："装在玻璃瓶里的酸奶在滴到铁锅里时会发出怎样的声音，我并没有听过，不过我相信那种声音在与一样东西做出比较之时，一定会被反衬得像天籁一样美妙。而那与之对比的东西就是从你的嘴巴里吐出来的这些枯燥乏味的言语。每天你都会这样啰里啰唆地说个不停，简直跟一头正在反刍的牛没什么两样。你甚至还不如一头牛，牛好歹还知道不要骚扰人家，可是你呢？"

我说："格林先生，大家好歹相识一场，要向你宣布以下这件事，我还真有些磨不开面子——要是将你跟一条只有三条腿的小狗摆在一起，让我遵从自己的意愿，从中挑选出一个更为理想的同居者，我想我一定会挑选那个会摇尾巴的朋友陪我一起留在这间小木屋里。"

在接下来的两三日内，我们两个连一句话都没说过。我们将炊具分配了一下，一个在火炉这边煮饭，一个在火炉那边煮饭。我们全天都让炉火烧着，因为这时雪已堆积到窗户那么高的位置了。

爱达荷跟我都没读过什么书，我们两个只学过认字，至于数学方面，则只学到"约翰拿着三个苹果，詹姆斯拿着五个苹果"这种级别的习题。不过，我们并不觉得读大学是非常有必要的，因为我们两个长期在现实生活中摸爬滚打，并从其中学到了很多东西，将这些东西慢慢累积起来，已足以应付各种突发事件。然而，当我们在苦根山遭遇大雪封山，被困在小木屋中时，却首次产生了这样的念头：要是先前我们曾经历过较深层次的学习，其中包括阅读荷马的巨著，学习希腊文，还有掌握分数之类的数学知识，那么在面对这种单调的生活现状时，脑海中就可以产生足够多的思想用于解闷了。我曾在西部地区见到很多在牧场工作的年轻人，他们都毕业于东部的大学，可谁能想到，他们曾接受过的高等教育竟然成了他们事业上的一大阻碍。下面这个例子便能证明这一点。有一回，安德鲁·迈克威廉斯骑的马在蛇河之畔被一种名叫马蝇幼虫的寄生虫感染，他于是叫人驱车去请一个传说中的植物学家来给马治病。可是，最后那匹马并没有逃脱死亡的噩运。

爱达荷与我暂住的小木屋里有个不大的木架子，高度却是不低，单单只是伸手的话还摸不着架子上头的东西。这天早上，爱达荷忽然将一根木棒伸到上头拨拉起来，两本书随即被他拨落下来，跌在了地上。我纵身跃起，打算将它们捡起来，这时爱达荷瞧了我一眼。他已经一周没有说过话了，这会儿却忽然对我说道："住手。虽然你的水准跟那些整天呼呼大睡的乌龟差不多，但是我并不想占你的便宜。你要记住，我对你的照顾甚至超越了你的父母，尽管他们为了把你这个脾气恶劣得像毒蛇，睡起觉来像根冻坏的萝卜一样的家伙抚养成人，可谓费尽心机。现在我跟你用纸牌来打个赌，谁赌赢了就能优先挑书，从这两本书中挑出自己喜欢的那一本来。"

结果是爱达荷赢了。他将他喜欢的那本书挑走了，剩下的那本归我。我们躲回自己的地盘，读起书来。

爱达荷在看自己那本书时，开心得就像个孩子得到了棒棒糖一样。而我这会儿就算得到一块重达十盎司的金矿石，也不会比阅读手头上这本书更开心。

　　我得到的书名叫《荷基莫重要知识手册》，长约 6 英寸，宽约 5 英寸。我觉得这是一本前无古人后无来者的巨著，或许我这个观点并不准确。直到现在，我依然保存着这本书。只要我将书中解答的问题稍微提及那么一小部分，便足可以叫任何人在 5 分钟内张口结舌 50 回。跟荷基莫比起来，所罗门和《纽约论坛报》算得了什么。要知道为了搜集资料写成这本书，荷基莫足足耗费了 50 年，行程高达 100 万里。从这本书里，你可以了解到骆驼有多少颗牙，每座城市有多少口人，女性的年龄该如何确定。从荷基莫这里，你可以知道哪条隧道的长度是世界第一，天上星星的数量为多少，水痘在冒头之前有多长时间的潜伏期，上层社会的女士的颈围为多少才最合适，州长要否决一项决议时具体应该如何去做，罗马人究竟是在何时修好了引水渠道，从三杯啤酒中摄取的养分相当于吃掉了多少大米，地处缅因州的奥古斯塔市的气温年平均值为多少，若是借助条播机播种，那么要想种一英亩胡萝卜，事先应该准备的种子数量为多少，金发女郎的头发数量为多少，保存新鲜鸡蛋的方法，世间一切战争发生的时间，一切高山的高度，中了各种各样的毒以后该如何施救，人溺水之后的急救措施，人中暑之后的急救措施，在病人病发后，直至医生赶到前的这段时间，该怎样对其进行急救，一磅平头钉的个数为多少，炸药的制造方法，养花的方法，铺床的方法，等等，数不胜数。可能世间有的事连荷基莫也不懂，但是我从这本书中找不到这"有的事"究竟是哪件事。

　　我接连坐了 4 个钟头，一直在读这本书。书中囊括了所有通过接受教育便可以创造出来的神奇事物。我沉浸在这本书中，完全不记得下雪那回事了，也不记得我跟爱达荷所闹的矛盾。爱达荷坐在凳子上头,也已经全身心沉浸于书中,连动都不动一下。有种柔情脉脉之中却又含着些许不可捉摸的情绪从他棕黄色的胡须中流露出来。

我问他:"爱达荷,你看的书叫什么名字?"

爱达荷用一种非常友善的口吻答道:"这可能是一个名叫荷马·嘉·莫的人写的一本书。"听他的语气,想必他也已经不记得我们先前的矛盾了。

我追问道:"那他姓什么呢?"

爱达荷说:"这上面只写着荷马·嘉·莫,没有姓。"

我说:"胡说八道。"我有点儿生气了,我觉得爱达荷肯定是在骗我。"有哪个作者会在自己写的书上只写上名字的缩写呢?肯定会加上自己的姓氏啊,他要么叫荷马·嘉·莫·司庞蓬代克,要么叫荷马·嘉·莫·迈克斯文尼,要么叫荷马·嘉·莫·琼斯。牛犊子喜欢把人家晾晒的衬衣下摆给咬下来,你为什么要跟它们一样,把人家最后头的姓氏吞进肚里,难道像个人一样对你来说就这么难吗?"

爱达荷并未有丝毫怒气,他平静地说道:"桑德森,我并没有欺骗你。这是荷马·嘉·莫写的一本诗集。我刚开始读的时候,什么也没读出来,不过,在往下读的过程中,我就跟发现了矿脉一样。这会儿,就算有人肯用两条毯子跟我交换这本诗集,我都会断然拒绝的。"

我说:"你爱怎样就怎样啦。反正我现在想看的是那些客观存在的科学知识,让我能一边看一边不断思考。我这本书里写的似乎就是这样的内容。"

爱达荷说:"你从中读到的不过是天下间最基本的知识,一些经过调查研究得出来的数据而已。这些数据会控制你的头脑。相比而言,我对嘉·莫写的这本书更为欣赏。看起来,他好像是给酒产品做代理的。每次跟别人举杯共饮时,他都会说一句'什么都是梦一场啊'。他这个人似乎一直在抱怨,但是他的抱怨却被酒水浇灌得异常优美,就算他的怨天尤人达到顶点之时,也跟邀请对方饮酒没什么两样。简而言之,他活得简直太有情趣啦。至于你正在读的那本书,简直让我打心底里反感,居然给人类的智慧界定了衡量的标准,简直一派胡言。不管是在什么领域,条播机,大量的数据,无数的事例,胸围的尺码,以及每年的平均降水量,只要其中涉及的哲学道理需要运用艺术的语言来进行阐述,那么嘉·莫都要比你那本书的作者更胜一筹。"

接下来的日子,爱达荷跟我一直都是这样熬过来的。读书成了我们仅有的消遣,从早到晚,我们一直沉浸在书的世界中。无论是我还是爱达荷,都因为这次受困于风雪,学到了很多知识。等到雪融化之后,要是有人忽然向我提出这样的问题:"桑德森·普拉特,如果屋顶要拿宽 20 英尺、长 28 英尺的铁皮铺设,每箱铁皮的价格是 9.5 美金,那么要铺设 1 平方英尺的屋顶需要花费的美金数额为多少?"闪电可以在铁铲柄上以每秒 19.2 万英里的速度移动,而我说出答案的速度也将会与之等同。能做到这一点的人,天下能数出几个?要是你随意选择一个熟人,在夜深人静之时忽然将他唤醒,叫他立即答出在内布拉斯加州,议会要想推翻某项决议,反对票必须占总票数的百分之多少才行,或是要求他马上说出人体除牙齿以外,总共有多少块骨头。你不妨尝试一下,他究竟能不能说出答案。

我并不知道从那本诗集之中,爱达荷有什么收获。我觉得他的收获应该不大,虽然他现在一说话肯定会牵涉到那个给酒产品做代理的家伙,把他就快要吹上天了。

我认为那个名叫荷马·嘉·莫的家伙跟狗没啥区别,这是我根据爱达荷提及的那些诗推测出来的。生活对嘉·莫而言,就像是在尾巴上绑了一只瓶子。他拖着这只瓶子跑了很久,最后累得快不行了,就伸长了舌头坐下来,瞧着那只瓶子说道:"哎,这只瓶子既然无论如何都要跟着我,那我便去街尾那家店去买酒,将它灌得满满的,跟着,我们再来一起举杯畅饮好啦!"

不止如此,他好像还是个波斯人。除了土耳其地毯以及马耳他猫以外,波斯还有什么名贵的特产?我并不知晓。

第二年的春季,爱达荷跟我终于找到了一处值得开采的矿苗。我们两个一向行动敏捷。矿权很快就被我们转手卖了出去,然后爱达荷跟我各自分得了8 000美元。接下来,我们决定给自己放个假,就来到了位于萨蒙河边的一座叫作洛萨的小镇,准备在这里刮刮脸,享用一些美食。

洛萨位于山谷之中,没有矿藏,但是非常安静,而且没有疫病流传,跟那些乡下的小镇如出一辙。小镇附近有一道电车线路,长度为3英里。爱达荷跟我只有在晚间才会返回旅店睡觉,白天的时候就搭乘电车到处转悠,就这样度过了一个礼拜。我们两个很快就融入了洛萨镇的上层社会,成了最顶尖的宴会上的常客,原因就是我俩现在已是今非昔比,不仅读过书,而且行过路。德·奥蒙德·桑普森夫人是洛萨的社交女王,我们首次跟她见面是在一场钢琴演奏会暨吃鹌鹑大赛上,那是市政厅为了帮消防员们筹款募捐而举行的。

桑普森夫人的丈夫已经去世了,她是全镇仅有的一座两层楼房的主人。那是一座非常醒目的房子,从任何一个角度来看都是如此,因为楼房的外表被刷上了黄漆,这使它看上去醒目,一如爱尔兰人在周五的斋戒日中吃蛋黄粘到了胡须上。洛萨镇上想要占有这栋黄色楼房的男人总共有22个,当然,其中还没算上爱达荷跟我。

在钢琴演奏会和吃鹌鹑大赛结束以后,市政厅又举行了一场舞会。想邀请桑普森夫人做自己舞伴的男士多达 23 人。但是，我并没有加入其中，我向她提出的请求是，将今晚送她回家的重任交由我，结果顺利得到了她的应允。

送她回家的路上，她说："普拉特先生，你瞧今天晚上的星星多么明亮多么漂亮啊！"

我说："这些星星的确是尽了全力才能发出这样的光亮。你瞧，那一颗很大的星星距离我们足有 660 亿英里，它发出的光芒要历经 36 年的时间才能抵达这里。如果使用长 18 英尺的望远镜，你能观察到的星星的数量为 4 300 万，连 13 等星也能看到。在一颗 13 等星陨灭之后，你仍然能够继续观察到它的星光，这种光芒直到 2700 年之后才会消失。"

桑普森夫人说："啊，有这样的事情，我之前从未听说过。今天的气温真高啊！我满身是汗，都湿透了，一定是刚才跳舞的时候活动太激烈了。"

我说："这种现象并不难理解，你身体中的汗腺数目高达 200 万，每条汗腺的长度为 0.25 英寸，要是将它们连接成一条线，足有 7 英里那么长，而这些汗腺全都一起分泌汗水。"

桑普森夫人惊叹道："上帝啊！普拉特先生，照你这种说法，人的汗腺几乎能跟浇田的水渠相媲美了。这么多的知识，您是如何了解到的？"

我说："桑普森夫人，秘诀就是'观察'两字，我非常喜欢观察事物，无论我走到世界上的哪个地方都会这样做。"

桑普森夫人说："普拉特先生，对于那些学识渊博的人，我向来都尊敬有加。不过这种人在洛萨城中非常罕见，这里到处都是一些愚蠢恶劣的家伙。真开心能跟您这样有涵养的先生交谈。如果您有时间的话,欢迎来我家做客,不管什么时间都行。"

我便是通过这样的方式,成了黄色楼房的座上宾。我会在每周二、周五的晚间时分到黄房子中拜访,向桑普森夫人讲述我从荷基莫那里学到的宇宙之中的种种奥妙。除此之外的时间,才能轮到城中其他有意追求桑普森夫人的男士们,爱达荷也包括在内。

爱达荷居然会将嘉·莫那一套求爱的方式用于追求桑普森夫人,这一点是我始料未及的。我察觉到这件事是在一天下午,那时我带着一篮子李子打算送给桑普森夫人。我在通往黄色房子的小路上看到了她,只见她歪戴着一顶帽子,帽子底下露出燃烧着怒火的眼睛,似乎想跟什么人大吵一架。

她说:"普拉特先生,那位姓格林的先生跟你是旧相识吗?"

我答道:"我跟他已经交往9年啦。"

她说道:"那人人品低劣,你不应该跟他继续交往下去了。"

我说:"夫人,出什么事了?他不过就是在山里出生的平民百姓,没错,他身上是有很多缺陷,凡是流浪汉和行骗的家伙有的缺陷,他一样不缺。但是,我绝不会认为他人品低劣,无论如何都不会这样认为。的确,爱达荷的衣着品位很差,又没礼貌又爱炫耀,可能很多人都看不惯他这样的人。但是,我绝不相信他会故意做出过分卑劣的举动。桑普森夫人,我与爱达荷之间的友谊已经维持了整整9年,我自己不会诋毁他,也不想听到别人诋毁他。"

桑普森夫人说:"普拉特先生,你维护朋友的名誉自然没错,然而你不能否认一个事实,那就是他的确对我产生了某种卑劣的非分之想,无论对哪位尊贵的女士而言,这都是奇耻大辱。"

我说:"天哪!老爱达荷居然连这样的事都做得出来!简直太出乎我的意料了。他的心被一样东西给迷惑了,说起来都怨那场大雪。

那一回,大雪封山,将我俩困在其中,就在那段时间,他读了一些蛊惑人心的恶劣诗歌,他的品格估计就是因此遭到了侵蚀。"

桑普森夫人说道:"一定是这样的。他从第一次见到我开始,就不停地在我面前念叨一些下流的诗句。他告诉我那些诗的作者名叫卢比·奥特,她一定不是什么好女人,好女人哪能写出那样的诗呢?"

我说:"照你的说法,看来爱达荷正在读一本新诗集呢。我记得他先前一直在读一个叫嘉·莫的男人写的诗。"

桑普森夫人说:"他最好专心致志地读一个人写的诗就行了。您知道吗,他今天实在太过分了。他把一束花送过来给我,还在其中放了一张字条。我在洛萨人心目中的形象如何你是了解的。对于整个上层社会的女性,普拉特先生也有了清晰的认识。你说,我这样的人会带上面包和酒,与某个男人跑到树林的阴凉里,跟他一起唱歌跳舞吗?没错,我在用餐时会喝少量葡萄酒,可是如他所言,带着整整一瓶酒跑到树林中又唱又跳简直太荒谬了,我断然不会这样做的。除此之外,他还说会将那本诗集也带过去。这么丢脸的野餐留给他自个儿享用去!他要是不满足,就叫他那个卢比·奥特去陪他。只要他带了足够多的酒,我认为那位女士应该会欣然应允的。说到这里,普拉特先生,你怎么解释你那位人品正直的朋友竟然会做出这样的事来呢?"

我说:"夫人,爱达荷可能只是受了诗的启发,才会对您提出这样的邀约,不过他的本意并不恶劣。他读的诗可能是想象的成分太重了,不过诗跟人的真正思想并不是等同的,那些诗尽管与法律或道德不符,却依旧广泛流传开来。要是您能原谅爱达荷这一举动的话,我代表他多谢您的宽容。"跟着,我转移话题说,"好了,不要再谈论这些档次低劣的诗歌了，是时候谈论一些高档次的思想与现实了。桑普森夫人，这个午后多么美好呀，为了配合这种环境，我们应该说些优雅的话题。尽管我们这边的气候非常温和，但是在赤道上海拔 1.5 万英尺的高度以上的积雪却终年不化，而到了纬度为 40 度的地方，这个数据就变成了海拔 9 000 英尺，到了纬度 49 度，只要海拔达到 4 000 英尺，便会常年积雪了。这些数据我们都应当有所了解。"

桑普森夫人说："普拉特先生，真高兴能听你说说这些美好的现实，特别是在听完那个名叫卢比·奥特的野女人写的那些歪诗之后，就更是如此了！"

我说："忘了那些粗鲁的诗句吧，来，让我们坐到道旁的那根木头上去。世间美好的事物全都包含在度量衡的准确数据以及那些被证实准确无误的事实之中。夫人，你瞧我们现在坐着的这根木头，这其中包含的数据远比诗歌更为奇妙。这棵树已经存活了 60 年，通过它的年轮您就能推断出来。如果将它埋在地下两英尺深的地方，那么 3000 年之后，它便成了煤炭。临近纽卡斯尔市的吉林沃斯煤矿是全世界埋藏最深的煤矿。一吨煤的体积相当于一个长 4 英尺、宽 3 英尺、高 2.8 英尺的箱子的容积。要是您不慎割伤了动脉，一定要按住伤口以上的位置才能止血。人腿上的骨头总共有 31 根。1841 年的时候，伦敦塔曾发生过严重的火灾。"

桑普森夫人说："请继续往下说吧，普拉特先生，你所说的这些极富创造力的事实，简直太迷人了。在我看来，这些根据统计得出的数据实在是世间最美妙动人的好东西。"

不过我从荷基莫的书中的获益还远不止这些，两周过后的一天，我终于对此有了深刻的体会。

那天夜里，我忽然从梦中被人吵醒，听到外面好多人正在大叫"失火"。我急忙下床将衣服穿好，匆匆从旅店之中跑出去，想要瞧瞧究竟发生了何事。原来是桑普森夫人那栋黄色的楼房失了火。我发出一声惊叫，不到两分钟就疾奔到了火灾发生地。

房子的一楼已经被大火完全包围了。消防队员正在救火，但是城里所有的人和狗全都聚集在这里叫个不停，给消防工作带来了不少麻烦。其中有 6 名消防员正在阻止爱达荷闯入失火的楼房之中，爱达荷拼命挣扎。消防员们于是告诉他，眼下一楼已经全部着了火，一旦进去就是死路一条。

我问："桑普森夫人在哪里？"

有位消防队员说："她还在二楼，还没找着她。我们没有配备云梯，虽然我们很想上去救她，但是办不到。"

我靠近熊熊燃烧的烈火，借着火光，将我的手册从衣兜里取出来。我可能是太紧张了，简直已经失去了正常的神智，当看到手册时，居然有种想笑的冲动。

我使劲翻找着手册，口中不停地念叨着："荷基莫，我的好兄弟，你对伦敦塔的介绍如此真实详尽，它位于伦敦东部，泰晤士河畔，起初用作皇宫，后来一度成为监禁过多位举世闻名的国王、王后的监狱，如今已变成了一座博物馆。你的表现一直令我很满意。好兄弟，现在告诉我该如何处理这样的情况，究竟该如何处理！"

我一直翻到了第 117 页，在上面指指点点地寻觅着，"该如何处理突发火灾？"终于被我找着了。老荷基莫真是包罗万象，简直神了！只见上面写道：人体在吸进过量二氧化碳或煤气造成窒息时，最好用几颗亚麻籽放到其眼角处。

看到这里，我便将手册重新放回衣兜，随即将一个奔跑的孩子捉了过来。

我给他两美金，吩咐他说："快，快去药店，用其中一美金买亚麻籽，另外一美金作为你的跑腿费。赶紧去，快跑！"跟着，我又冲着那帮围观者高叫一声："一起去救桑普森夫人出来！"说话间，我已经把外套脱下来，并摘掉了帽子。

有4个人将我拦下，他们之中既有普通居民，也有消防队员。他们这样劝我，火太大了，烧得楼板眼看都要掉下来了，我若是在这时候进去，肯定没活路了。

我感觉自己似乎有种想笑的冲动，但是又展露不出丁点儿笑容，我高声道："去你的！我要用亚麻籽施救，首先得见着被施救者的眼睛啊！"

两位消防队员的面孔都被我的手肘顶开了，其中一人被我一脚踢伤了小腿，另外那家伙则被我一脚绊倒了。我终于突破阻碍，飞奔到了房中。眼下这座房子里的情形跟地狱相比，哪个更叫人不堪忍受？我死后一定会写封信将答案告诉大家。不过，既然我还没死，我现在说出的结论自然非常不可信。但我的确是快要被烤煳了，胜过那种在饭店里快速烧烤的鸡。我两度被浓烟和烈火击倒，差点儿叫老荷基莫颜面无存。好在消防队喷射出的水柱将火浇小了一些，我趁着这个机会，终于抵达了桑普森夫人所在的那间房中。在这样危急的情况下，她也顾不得什么颜面了，被我拿被子包裹着，扛到肩头上就往外逃。还好楼板没真应了那些人的话，就快要掉下去了，否则我要想逃出去，真是难如登天。

我带着桑普森夫人一直冲到距离房子50码开外的地方，我将她安顿在草地上。她那其余的22名追求者这时也手持水瓢纷纷挤上前来，要对她展开营救。那个受我的命令去药店买亚麻籽的孩子恰好也飞奔回来了。我将蒙在桑普森夫人脸上的被子敞开,她张开双眼问道:"普拉特先生?"

我说:"先别说话了,来,我先帮你敷点儿药。"

我小心地撑起她的颈部,将她的头抬起来,随后撕烂了亚麻籽的包装袋,然后缓缓俯身,将三四颗亚麻籽放到了她的眼角处。

大夫这时候也赶过来了。他一面为桑普森太太把脉,一面询问我这是在做什么。

我答道:"这是亚麻籽,虽然我不是什么大夫,但是我这样做是有依据的,现在就拿给你看。"

我叫人帮我把外套拿过来,从中取出了那本手册。

我对那个大夫说:"这里面提到了当一个人吸入过量的二氧化碳导致窒息时该如何施救,请您翻到第117页看个清楚吧。里面提到这个时候要将亚麻籽敷到病人的眼角处。亚麻籽究竟是可以消除浓烟中的毒素还是有其他作用,我并不清楚,但是荷基莫的的确确就是这样写的,而且也是这样做的。不过,我当然也不会反对您再为她诊脉问药。"

那名年纪老迈的大夫于是接过手册,在消防队的灯和眼镜的帮助下,开始看起来。

他说:"普拉特先生,恕我直言,你明显是看岔了行。当眼睛里进了灰时,才要用到亚麻籽,在这一行的下面才写着窒息时该如何施救:'迅速把病人转移到可以顺畅呼吸的地方。'但是——"

这时,桑普森夫人忽然说道:"有关该如何诊治,我也想说几句话。我认为在所有的救助方式中,亚麻籽对我的帮助无疑是最大的。"说着,她便将头部抬起来,倚靠着我的胳膊,并对我说:"亲爱的,在我的另外一只眼睛的眼角处也放一些亚麻籽吧。"

要是你哪天能来洛萨走一遭，你一定会见到有一栋漂亮的黄色楼房，刚刚盖起来不久。正在照管它的就是过去称为桑普森夫人的那位女士，当然了，现在要改称她为普拉特夫人才是。走进这所房子，你会发现有本《荷基莫重要知识手册》就摆放在大厅中央的大理石桌上，书皮上包裹着崭新的红色摩洛哥皮。无论你有哪方面的问题，只要与人类相关联，都可以在其中找到答案。

失败的假设

小说讲述了一个律师为了谋求利益拆散别人的家庭,最后却弄巧成拙,一无所获的故事。

古奇律师把所有的精力全部放在他的那个行业所需要的技艺上了，可是经常会有一些奇怪的想法出现在他的头脑之中。他喜欢发挥想象，把办公室的套房想成一艘船上的具有三个房间的底舱，每一个房间都有一扇与另外两个房间相通的门。人们可以把这些门关上。

古奇律师说："出于安全考虑，船在建造时都会在底层建防水密封舱室，它们是隔离的，就算某一间舱室出现了裂缝，水流了进去，也不会影响那艘船继续航行。如果没有相互隔离的密封舱，情况就完全不同了。如果某个舱室出现一道裂缝，那么整艘船就会沉入水中。现在经常会发生这种事：有时候我正在与一位客人谈事，此时又有几位客人来访，他们与我们谈论的事情有关，是先来找我的客人的对手。我只好在一个很有前途的办公室勤杂员阿基博尔德的帮助下，先稳住这股涌进来的危险急流，之后安排他们前往那几个相互分隔的舱室。安顿好后，我用我的法律测量锤对每一间舱室入水的深度进行探测。如果有必要，我们可以把水舀入走廊里，让水从楼梯——我们把它叫做背风排水孔——流走。这样就能够保证这艘生意船平稳地漂浮在水面上。如果让将船只托起来的水进入底舱，那水就很可能把我们淹没——哈哈！"

法律十分无聊，很少有引人发笑的事情。毫无疑问，古奇律师可以用这种幽默的方式来使他对烦琐又无聊的法律程序、对民事侵权行为及对辩护的厌恶之情得到缓解。

处理不幸的婚姻问题是古奇律师所办案件的主要内容。如果双方因纠纷而导致婚姻出现问题，那么他就会对当事人进行安慰、调解、做出公正的决断。如果因为其他事情导致婚姻难以为继，那么他就会做出调整，极力捍卫。如果婚姻到了无法挽回的地步，那么他就会竭尽全力，使法官轻判他的当事人。

不过，古奇律师并不总是足智多谋、机灵敏锐而武装起来的交战一方，他随时都会用他的双刃剑将婚姻的枷锁斩断。大家都知道，他不是以拆散而是以撮合，不是以对家庭的破坏，而是以促进家庭和睦，不是以让两夫妻分离而是以使因头脑发热而误入歧途的人改过自新为宗旨的。他经常使用具有说服力的动人言辞让势如水火的夫妻流着眼泪拥抱在一起。在启发孩子方面，他也非常有办法。他经常让孩子在最合适的时候喊一句"爸爸，回到妈妈和我身边来吧"，这一句哀求就获得了胜利，让那个将要分崩离析的家庭重归于好。

公正客观的人承认那些重归于好的当事人支付给古奇律师的高额酬金，与古奇律师在法庭里进行辩护从当事人那里收到的钱一样多。有偏见的人看到那些重归于好的夫妻最后又后悔了，再次来找古奇律师办离婚手续而公开说古奇律师收了两份酬金。

6月里的某个时期，古奇律师的法律船只（按照他自己的话说）遇到了麻烦，几乎快要因为没有风而停止航行了。6月是许门[①]和丘比特的季节，离婚的人比较少。

在没有顾客光临的办公室里，古奇律师无聊地坐着。这间套房与走廊之间由一间小传达室连接起来——或者说分隔会更贴切。阿基博尔德坐在那间小传达室里接待来访者，听他们报上姓名，或者等他们递上名片，然后他说去通报老板，请他们稍等。

一天，最外面那扇门被人用力敲响了。

阿基博尔德把门打开，来访者竟然毫无礼貌地把他推向一边，就

[①] 希腊神话中的婚姻之神。

像他是一个多余的人似的，之后，那个人向古奇律师的办公室走去，来到律师对面那把舒适的椅子前，既轻松又随和地坐了下来。

来访者用既是提问又是肯定，同时还有些指责的语气问道："你就是斐尼斯·C.古奇律师吧？"

古奇律师敏锐地看了来访者一眼，判断着他的身份。

来访者身材魁梧、举止大胆、性格开朗活跃，属于那种吸引别人眼球的人。由此可以判断，他是一个爱慕虚荣，生活清闲，毫无拘束的人。他的衣着打扮十分讲究，但是显得有些过分。他来到这里，分明是要找律师帮他做一件让人不太高兴的事，可是毫无畏惧的神态和他眯在一起的笑眼把他的烦恼掩藏起来了。

"没错，我姓古奇。"律师回答说。如果来访者继续追问的话，他也许会把名字斐尼斯·C讲出来的。可是他认为不应该主动把信息告诉给别人。他用略带责备的语气说："您没有把名片交给我，因此我……"

"这我知道，我现在也不会交给你，"来访者用冷漠的语气说，"要不要抽一支？"他抽出一支雪茄烟，扔到写字台上。对于雪茄的品牌，古奇律师十分熟悉，因此态度不像刚才那样严肃了。他把烟接了过来。

没有名片的来访者说："你是一名专门办理离婚案件的律师。"这次他的语气不是询问，也不是肯定，而只是指责，就像一个人指责一条狗说"你是一条狗"那样。面对着如此严重的诋毁，古奇律师以沉默作答。

来访者继续说道："解决各种各样的婚姻破裂问题是你工作的主要内容。你也算得上是一名外科医生了。有些时候，丘比特把箭射到一对根本就不般配的人身上，你就会拔出那支箭。如果哪家许门的火把燃烧得不够旺，无法点着雪茄，你就专门负责把他家的火拨得旺一些。古奇先生，我说得对吗？"

"您所比喻的那类案子我的确受理过，"律师小心翼翼地说，"您是有什么专业问题要向我请教吗？请问您怎么称呼……"律师讲到这里，故意停了下来。

"先不要着急，"对方边用雪茄烟在空中划了一个圆圈边说，"先不要着急，有一种问题我们需要先谨慎地探讨一下。这种谨慎的态度本来应该用在开始的行动上，这个行动使得我们有必要聚在一起协商。我的意思是，现在出现了一个婚姻混乱的问题，我必须先讲清楚。不过，在我把真实姓名说出来之前，我要你从最起码的职业角度诚恳地谈谈你对婚姻的看法。这是一场大的灾难，我想让你从理论上对它进行估计，你懂吗？我只是一个没有名气的人，我想先给你讲一个故事，你听过之后把你的看法讲给我听。我的意思你明白没有？"

古奇律师问道："我觉得您打算讲一个假设的案例，是这样吗？"

"我想找的词就是它。我头脑之中能够想到的最好的词就是'配一个药方'。'假设'这个词也很合适。我现在就讲这件事。比如说，一个颇有姿色的娘们儿将她的家庭和老公抛弃，从家里跑了。她爱上了另外一个男人，那个男人是从其他地方来到她居住的城镇做房地产生意的。那个女人的老公的真实姓名是托马斯·R.别林斯，所以现在我们也这样称呼他吧。老实说，那个女人爱上的那个男人叫亨利·K.杰斯普，一个贪图女色的家伙。别林斯一家住在离这里有好几里路远的苏珊韦尔镇上。杰斯普在两个星期前离开了苏珊韦尔镇，别林斯太太第二天就去追他了。她疯狂地不顾一切地爱上了杰斯普，关于这一点，你可以用你房子里的全部法律书籍来打赌。"

这位来访者油腔滑调的谈论使得一向冷漠的古奇律师感到厌恶。

他这时从这位愚蠢的来访者身上看到了一个自私自利却又很吃得开的浪荡子弟的傲慢,以及一个以勾引女人为乐的家伙的扬扬得意。

此时,来访者继续往下讲,"假设这位别林斯太太与她的丈夫没有共同语言,在家里过得十分压抑,他们两个已经走到必须分手的地步,根本无法继续相处下去了。她喜欢的东西别林斯一点儿兴趣也没有,就像商店里的赠券那样,有人免费把赠券送给别林斯,别林斯都不会要。他们夫妇之间存在着严重的分歧。她既受过文化教育,也受过科学教育,聚会的时候会大声朗诵诗歌,而别林斯对那些东西毫无兴趣。伦理学、方针塔这些东西没有一样是别林斯喜欢的。当别人谈到这些东西时,别林斯那个老东西除了眨眼之外,什么也不会做,因为他对这些东西一窍不通。他的太太比他要高明得多。律师,现在,这样一个女人把别林斯甩掉,追随那个懂得欣赏她的男人是应该获得准许的,一场合理的是非安排不就是这样吗?"

古奇律师回答说:"夫妻双方无法和睦相处,无法过幸福的生活,根源就在于不和谐。如果的确是那样的话,那么公平的解决办法无疑就是离婚了。您就是——恕我直言——那位太太追随的那个男人杰斯普吧?"

"哦,你完全没有必要担心杰斯普,他是一个很不错的人,"来访者一边说,一边自信地摇晃起脑袋来,"他是一个负责任的人。真的,不让人们对别林斯太太议论纷纷正是他离开苏珊韦尔镇的原因。可是她跟着他一起离开了,因此杰斯普必然要与她在一起了。等别林斯太太按照法定的程序办完离婚手续后,杰斯普绝不会拖延,他会立即做他应该做的事。"

古奇律师说:"如果您愿意的话,那现在就让我们继续假设吧。如果需要我在这件事上出力的话……"

来访者情绪激动地跳了起来。

"不要再这样假设了!"他气急败坏地嚷道,"让它见鬼去吧!现在我们不如实话实说。你现在已经知道了我的身份。我要出钱让那个女人办理离婚手续。你如果能够帮忙,使得别林斯太太重新恢复自由,我会立即拿出500块钱感谢你。"

为了显示自己的慷慨,古奇律师的这位来访者用拳头狠狠地砸着桌子。

"要是这样的话……"律师说。

"先生,外面有个女人想见你。"阿基博尔德离开他的接待室,跑到古奇律师面前大声说。古奇律师要求他不管遇到什么顾客,都要立即赶来通报。谁也不想把生意推掉。

古奇律师立即拉着前一位顾客的胳膊,亲切地把他推到隔壁的一间小屋里。律师说:"先生,麻烦您帮个忙,先在这里待一会儿,用不了多长时间,我就会来这里与您继续谈的。现在有一位大富婆来找我,与我商量办理遗嘱的事。我很快就好,不会让您等太久的。"

那位性格开朗的绅士立即同意了,他坐下来开始看杂志。古奇律师回到中间的办公室,小心谨慎地把那扇连接着两间屋子的门关起来。

"阿基博尔德,请那位太太来这里见我吧。"他对那个等待着命令的勤杂员说。

一个端庄漂亮、风姿绰约的高个子女人走了进来。她穿着一件宽松的长袍——不是套装,灵魂和天才的火焰在她的目光中闪烁着。她拿着一把宽松的如同套着一件袍子的雨伞,拎着一只绿色的手提包,这个包的容量为一蒲式耳①。古奇律师请她坐下,她坐在了一把椅

---

① 一种定量容器,一蒲式耳在英国相当于36.268升,在美国相当于35.238升。

子上。

"律师斐尼斯·古奇就是你吗？"她一本正经地说，语气中并没有流露出讨好的意味。

"是的。"古奇律师回答说。他与女人打交道时从来都是这样干脆。女人说话则爱啰里啰唆，没完没了。双方如果在辩论时采用延误战术，那么时间就会被浪费掉。

那个女人开口说："先生，你是一名律师，你一定熟悉人的心灵吧？在那些愚蠢而又可怜的男人之中，一个女人的心灵历尽千辛万苦，才终于找到一个合适的伴侣。在你看来，这样一颗纯洁的心灵，应该因为这个虚假的社会里那些狭隘而卑微的习俗而止步不前吗？"

古奇律师用他那专门用来与女顾客周旋的口吻说："夫人，这里是专门负责处理法律事务的办公室。我不是一名哲学家，也不是一家报纸专门回答失恋者提问的编辑，我只是一名律师。还有其他顾客在等着我呢！您到这里究竟是为了什么？请您简单地说一下吧。"

"你没有必要用这种强硬的态度来对待我，"她一边说一边眨了一下她那双闪闪发亮的眼睛，还出人意料地把那把伞旋转一下，"我来这里找你，当然有正事要谈。我这里有一桩离婚诉讼案，我想听听你的看法。这种事在普通百姓嘴里就叫做离婚诉讼，他们之所以这样叫，只不过是要对那种不体面的虚假局面进行重新调整，那种局面是人类鼠目寸光的法律插进来对一颗充满深情的心灵进行干预的……"

古奇律师听得有些不耐烦了，就把她的话打断，说："夫人，抱歉，我再次强调一下，这里是法律事务所。或许韦尔科克斯夫人[①]……"

---

① 埃拉·韦尔科克斯，美国女诗人，写过《欢乐诗集》《激情诗集》等很多通俗作品。

"很好，韦尔科克斯夫人，"那位夫人用略带威严的语气将律师的话打断，"此外，还有托尔斯泰、欧玛耳·海亚姆、格特鲁特·阿瑟顿、爱德华·布克等知名作家，也都非常好。我读过他们的作品。这个社会是一个狭隘的缺乏公正的社会，存在着各种束缚，使得人们无法获得自由。只有心灵才具有与这个社会，这个让人们无法获得自由的社会相对抗的权利，而这也正是我要与你讨论的问题。可是，下面我会与你先谈正事。我更愿意在这种价值获得你的承认后，再以一种超出个人的方式向你提出那件事。也就是说，我在叙述这件事之前，要先把它当成一个假设的例子，没有……"

古奇将她的话打断，说："您的意思是，您想讲一个假设的事例吗？"

"没错，我的意思就是这样，"那位太太刻薄地说，"现在假设有一位女士，她一直希望自己能够获得一个完整的人生。这位女士的丈夫，无论是在趣味方面，还是智力方面，又或者在其他方面都与她存在着相当大的差距。我呸！他简直就是一个混蛋！他瞧不起文学，世界上那些伟大的思想家的杰出思想总是遭到他的嘲笑。他娶了一个有灵魂的女人做妻子，他根本不配受到上天如此的眷顾。有一天，这个不幸的妻子遇到了一个有身份有地位有力量的男人——他正是她心目中理想的男人。她深深地爱上了他。那个男人因为刚刚找到一个与他心灵相通的女人而异常激动，可是他高尚的灵魂、正派的作风使得他没有立即向她表白。他离开了他的意中人，她立即去追赶他，毫不在乎这个黑暗的社会制度对她的束缚。你能告诉我，现在办理离婚手续需要花多少钱吗？据我所知，锡卡默尔山峡的女诗人艾丽莎·安·蒂明思只花了340块钱就办好了离婚。我也能——不，我说的是那位女士——也能只花那么多钱就办好离婚吗？"

古奇律师说:"夫人,听到您最后那三句话,我感到十分欣慰。我们现在是不是可以把那个假设放弃,用真实的姓名来谈论一下正事呢?"

"这是我应该说的,"那位女士用令人高兴的实事求是的态度大声地说,"那个下流坯子叫托马斯·R.别林斯,他的妻子只是他法律上的妻子,而不是精神上的。他阻止她和亨利·K.杰斯普走上幸福的道路。那位杰斯普是一个高贵的人,是上天赐予她的伴侣。"那位女士最后极其诡异地说,"而我,就是别林斯太太!"

"先生,外面有位先生找您。"阿基博尔德再次冲了进来,他的动作简直就像在翻跟头。古奇律师听后站了起来。

"别林斯太太,"他非常有礼貌地说,"现在我这里来了一位有钱的老爷,他要与我谈论有关遗嘱的事,因此我想领您到旁边的一间屋子里休息一会儿。您请放心,我处理完这件事后,立即会回来与您继续谈刚才的事。"

那位重视灵魂的顾客被古奇律师用他那长久以来形成的潇洒风度推到了旁边的一间小屋子里。之后,古奇律师小心地关上门。

一位瘦削的中年人在阿基博尔德的带领下走了进来。那个人面带愁容,显得有些神经质,手里拎着一个小的手提包。古奇律师请他坐下,他把手提包放在椅子旁,坐到椅子上。他穿着十分讲究的衣服,但是衣服的样式并不显眼,看起来不太整洁,沾满了灰尘。

"办理离婚案子是您的专长吧。"来访者用略显不安又非常干脆的口气说。

古奇律师回答说:"也许我应该说,我并不是完全不接这类案子……"

"您专门负责给别人办理离婚案件,这我知道,"第三名来访者将律师的话打断，说，"不要再说了，我听说过您办理的所有案件。我想跟您谈论一件事，当然了，我没有必要对我可能与这件事有什么联系进行说明——事情是这样的……"

古奇律师说："我明白了，您是希望说一件并不存在的假设的事例。"

"这样说也没什么问题。我是一个普通的生意人。我会尽量把话说得简单明了。还是先谈论一下那个假设的女士吧。她虽然嫁给了她的丈夫，但是他们的趣味完全不同。她是一个在很多方面都让人刮目相看的女人，外表也算漂亮。她对散文啦、诗歌啦这些她称之为文学的东西有着浓厚的兴趣。而她丈夫只是一个普通的生意人。做丈夫的尽管尽自己所能，想要使这个家庭其乐融融，可是这个家庭一直无法幸福美满。他们做一些不动产生意，居住在一个安静的小城镇里。前段时间，一个陌生的男人来到那里，那个女人看到他后，便出人意料地爱上他了。她把自己对他的爱慕之情公开表露出来，使得他觉得不能继续在那个小镇待下去了，于是就选择了离开。让人难以置信的是，那个女人竟然将她的家庭、她的丈夫抛弃，去追逐那个男人。她把那个带给她安稳的生活的家庭放弃，去追随那个激起她情感涟漪的男人，"来访者最后用颤抖的声音说，"一个娘们儿做出的轻率决定，使得一个家庭破碎了，除了这件事外，世界上还有更让人伤心的事吗？"

古奇律师小心翼翼地表示，这的确是世界上最让人伤心的事。

来访者继续说道："她去追随的那个男人，一定无法让她幸福。她头脑中有一种愚蠢而又草率的想法，正是这种想法让她认为那个家伙可以让她幸福。尽管诸多分歧横亘在那对夫妻之间，可是在这个世界上，唯一能够体谅她那种敏感而又诡秘的脾气的人，就是她的丈夫。可是，她直到现在仍然不明白这一点。"

"在您刚才所说的那个事例中，您是否认为从逻辑上来说，能够解决问题的办法就是离婚呢？"古奇律师觉得他们的谈话已经离题万里，因此这样问道。

"离婚？"来访者惊叫道，险些哭出来，"不，我并不想那样。古奇先生，我看过很多关于您处理的案例报道，您的善意的关怀，您的同情心使得你能够让无法沟通的夫妻和好如初。那个假设的案例就让它见鬼去吧！我也没有必要再隐瞒自己的身份了，我就是这件不幸之事的受害者，我叫托马斯·R. 别林斯，我妻子爱上的那个男人叫亨利·K. 杰斯普。"

激动的神情出现在那个当事人因为担忧而变得憔悴的脸上，他把手搭在古奇律师的胳膊上，兴奋地说："这件事把我搞得焦头烂额，看在上帝的分儿上，帮助我一下吧。请您帮我找到别林斯太太，劝她不要再继续执迷不悟，继续做蠢事了。古奇律师，请您告诉她，她的丈夫非常想念她，真心希望她能够回到家中——只要她回家，她丈夫会答应她提出的任何要求。据我所知，办理这类案子是您的拿手好戏。别林斯太太一定就在附近。我走了一路，非常疲惫，再加上内心的不安，我已经筋疲力尽了。我在追逐她的过程中曾两次看到她，可是我并没有获得与她面谈的机会。古奇律师，如果您肯帮助我，我永远都不会忘记您的大恩大德。"

来访者最后两句话使得古奇律师不由自主地皱了一下眉，可是，善意的表情很快又回到他的脸上，他说："在这类案件上，我的确曾获得过几次成功，劝说那些准备离婚的夫妇不要因为轻率的念头而做出傻事，最后使得他们和好如初。可是，我必须指出，这种事办起来非常麻烦，这需要不停地劝说。老实说，这还需要一套让你目瞪口呆的雄辩的口才。不过,您这件事我不会袖手旁观的。先生,我非常同情您的不幸遭遇,如果能够看到你们夫妻两人和好如初,我一定会非常开心。可是,"就在这时,律师看了一下时间,像是突然想到的还有事情要做似的说,"我有很多事情要处理,我的时间非常宝贵!"

来访者回答说:"我明白,如果您愿意帮助我,劝说别林斯太太不要再做傻事,继续追逐那个家伙——她回家那天,我会立即拿出1 000块钱答谢您。最近,苏珊韦尔镇的房地产正值旺季,我赚了一些钱,我是不会在乎这笔钱的。"

"请您坐在这里休息一会儿,"占奇律师边说边站了起来,再次看了一下时间,"我险些把隔壁房间的那位客人给忘了。她等了我很久,您请放心,我过不了多久就会回来的。"

越复杂、纷乱的结局,就越能让古奇律师感兴趣。目前这种情况充分满足了他的心理。这个案件具有多种可能性,这使得古奇律师觉得非常有意思。这三个人的幸福和命运掌握在他的手中。想到这一点,他便扬扬得意起来,那三人就坐在他的附近,每个人对另外两个人的存在毫不知情。那艘船的形象再次出现在他的头脑之中,可是很快就消失了,因为水把一艘真船的每个间隔舱都充满后,那么那艘船就会十分危险。但是他对这里的间隔舱十分放心,就算每个间隔舱都被装满,他的这艘生意船仍会不受影响地继续向前航行,驶向胜利的港口,为他赚取一笔丰厚的酬金。现在,将最为丰厚的报酬从最需要货的人手中夺过来是他的当务之急。

于是,首先他让那个接待室勤杂员将外面的那扇门锁上,不放任何人进来。之后,他悄悄地向一号顾客停留的那个房间走去。那位先生将双腿放在桌面上,嘴里叼着雪茄烟,正在慢条斯理地翻阅画报。

当看到律师走进去后,那位顾客兴致勃勃地问道:"你决定没有？我支付给你 500 块钱，你帮我办理那位女士的离婚，你觉得行吗？"

古奇律师态度和蔼地问道："您是说支付那笔钱作为聘用定金吗？"

"不，那笔钱是全部费用。难道您认为不够吗？"

"这个案件的全部费用是 1 500 块钱，"古奇律师说，"先交 500 块做定金，离婚办成后再把余下的钱全部付清。"

这位一号顾客把两只脚放在地上，用力吹了一声口哨。

"我认为我们无法合作了，"他站起来说，"我在苏珊韦尔镇做小房地产生意，只赚了 500 块钱。如果能够让那位女士获得解脱，我愿意尽我最大的努力。可是，你的要价实在太高，远远超出了我的能力。"

"1 200 块如何？"律师用商量的口吻问。

"我不是说过了吗？我最多出 500 块。看来我得去找一个要价低一些的律师了。"来访者把帽子戴上。

"请走这边。"古奇律师一边说一边把通往门厅的那扇门打开。

那位先生从那个隔间走了出来，下了楼梯。古奇律师的脸上挂着得意的神色，微微地笑了一下。"杰斯普下场了。"他小声嘀咕道，同时把耳边那缕亨利·克雷①式的头发拨弄了一下。"现在去看一下那位被抛弃的丈夫吧！"他回到中间的办公室，摆出一副处理公事的姿态。

"我知道，"他对三号顾客说，"如果我帮助您或者我自己将别林斯太太带回家，劝说她将那个疯狂地爱着的男人放弃，您就会拿出

---

① 亨利·克雷，美国政治家，辉格党领袖。

1 000块钱作为酬金,对吗?"

"是的,"那人马上答道,"而且我接到通知后两个小时内就会把那笔钱付清。"

古奇律师把身子站直,瘦削的身体像膨胀起来一样,两个大拇指插到坎肩的袖孔里,一副充满了同情的和蔼表情洋溢在脸上。这种表情是他在办理这类事情时固有的表情。

"先生,既然如此,"他用平和的语气说,"我想我可以保证你早一天从烦恼的纠缠之中解脱出来。我对人类心灵向善的天性,对自己的劝说能力,对一个丈夫忠贞不渝的爱心所能够产生的影响充满了信心。先生,我告诉你吧,别林斯太太就在我的法律事务所里,就在那个房间里……"律师用长胳膊向那扇门指去。"我立即请她过来,我和你一起请求她……"

那位三号顾客像弹簧似的一下子从椅子上蹦了起来,马上抓起他的手提包。古奇律师被他的举动吓了一跳,愣在那里。

"你到底想干什么?"那位顾客大声吼了起来,"原来那个娘们儿就在这里!我还以为她已经被我甩到四十里外的地方去了。"

他向那扇敞开的窗户跑了过去,向下看了一眼后将一条腿从窗台上迈了出去。

"别走!"古奇律师大惑不解地喊道,"别林斯先生,你想干什么?来,去见您那个天真无邪、做出愚蠢事情的妻子吧!我和您一起请求她,一定能够成功……"

"别林斯个屁!"那位气急败坏的顾客嚷道,"你这个老糊涂虫,去见鬼吧!"

他转过身,气愤地把手提包扔向律师的脑袋。手提包不偏不倚地击中了那位呆若木鸡的和事佬的额头,使他站立不稳,向后退了一两步。古奇律师恢复知觉后，看到那位顾客已经不见了。他立即跑到窗口，探出身子向外望去。只见那个胆小鬼从二楼窗口跳到一个棚顶上，正在爬起来。他无暇顾及自己的帽子，再次向下跳去，从3米多高的地方落到一个胡同里，之后立即以惊人的速度飞奔起来，很快就消失在周围的楼房里。

古奇律师用手摸了一下眉毛，以此来整理一下思维，这是他惯用的方式。他这样做，也许是因为觉得刚才被坚硬的鳄鱼皮手提包砸中的地方有些疼，因此用手揉一下。

那个鳄鱼皮手提包就掉在地上。它敞开着，里面的东西全都掉了出来，散落在地上。古奇律师本能地弯下腰去，打算将地上的东西捡起来。他最先捡起来的是一个衣领。这位洞悉万物的律师发现衣领上绣着三个字母，它们是H.K.J[①]。此后，他又捡起来一把刷子、一把梳子、一块肥皂、一张折叠起来的地图，最后是一沓寄给亨利·K.杰斯普先生的商务信纸。

古奇律师把手提包合起来，放到桌子上。他停顿了一下，之后将帽子戴上，来到阿基博尔德那间接待室，一边将那扇通向门厅的门打开，一边和蔼地说，"阿基博尔德，现在我出去一下，去高等法院审判室看看。5分钟后，你去最里面那个房间，对等候在那里的女士说，没戏了！"——古奇律师讲了一句大白话。

---

① H.K.J 是亨利·K·杰斯普的缩写。

寻宝记

小说讲述了主人公与一个知识分子一起去寻宝的经历。由于知识分子盲目自信,最终两人与宝藏失之交臂。

这个世界上存在着各种各样的傻瓜。好了，大家先等一下，安静地坐好，等我喊你们时再起来。

我当过各种傻瓜，只一种没当过。我用父亲留给我的遗产假装结婚，还用这笔钱做过其他事情：做投机生意，打草地网球，玩扑克。总之，我用各种办法花光了那笔钱。可是，寻找埋藏的宝藏这种可笑的事情我没有做过。只有少数人能够体会到这种引人发笑的激情，但是对于准备沿着国王迈达司的马蹄印去寻找宝藏的人来说，寻宝能够带给他们令人激动的希望，这是其他爱好无法带给他们的。

不过，先放下我的议题，讲点儿其他事情——偏题是蹩脚作者的通病。我是一个情感丰富、容易伤感的傻瓜。当我遇到梅·玛莎·曼卜姆后，我就爱上了她。她18岁，长得如同天使那样漂亮，她的皮肤白皙，就像一架新钢琴上的白色象牙琴键，在她身上有一种楚楚动人的魅力和妙不可言的庄重。如果她愿意像摘草莓那样从比利时或者其他国家国王的皇冠上将红宝石摘下来，她那迷人的神情和态度必然会让她如愿以偿。不过，她根本不知道自己具有这样的魅力，我也没有告诉过她。

我就是想将梅·玛莎·曼卜姆据为己有。我要她与我生活在一起，让她在晚上把我的拖鞋和烟斗藏起来。

梅·玛莎的父亲戴着眼镜，留着胡子。他为蝴蝶、虫子，为待在黄油里，或者爬着、飞着、挥动着翅膀沿着你的脊背爬到你衣服里面的昆虫而活。他是一个辞源学家，或者说是一个研究文字的人。张网捕捉飞虫这件事，他一生乐此不疲。每当捉到绿花金龟目的飞鱼，他就会用大头针钉起来，然后给它们起各种各样的名字。

他和梅·玛莎过着相依为命的生活。梅·玛莎为他准备饭菜，保证他不把衣服穿反，为他买酒。因此，在他眼里，她是一份人类的优质样本，他非常爱她。我听说，科学家容易犯思想不集中的错误。

除了我之外，刚从大学回到家里的年轻人古罗·班科斯也想追求梅·玛莎。他是一个博学的人，精通哲学、希腊语、拉丁语及比较高深的逻辑学和数学。

不管和谁讲话，他都会不厌其烦地讲述他的知识，这也正是我并不非常喜欢他的原因。不过，即使如此，你也应该能够想到，我们是一对好朋友。

为了从对方那里探听到梅·玛莎·曼卜姆的想法——古罗·班科斯绝不会像我这样使用如此笨拙的修辞，我们利用一切机会见面。这就是对手之间的竞争。

也许你会说，古罗·班科斯喜欢才智、文化、礼仪、书、服装、划船，而我会让你想到周五晚上的辩论社团、马背上技术娴熟的骑手以及篮球——我把它们当成文化。

可是，无论是我们两个人聊天，还是我们与梅·玛莎聊天，我和古罗·班科斯都无法分辨出她更喜欢哪一个。梅·玛莎不管对什么事都不会表露态度，她从小就喜欢让人不断猜测。

我在上面说过，老曼卜姆经常犯思想不集中的错误。他在很久之后的某天发现——我敢肯定，他是听一个蝴蝶说的——两个年轻的小伙子正想撒网将照顾他生活的年轻人，也就是他的女儿罩住。

我以前根本不知道科学家能够应付这种事情。老曼卜姆用英语把我和古罗定位为最为低下的脊椎动物，并且只在简单地提及赫尔维西亚国王奥盖陶利克斯时使用了拉丁语。他懂的东西并不比我多。他对我们说，如果他在家里将我们逮住，那他就会让我们两个人成为他的收藏品。

为了躲避风浪,我和班科斯在此后5天里都没有去找梅·玛莎。当我们鼓起勇气,两次去她家里找她时,我们发现她和她的父亲已经离开了。他们租的房子大门紧闭,他们的财物也被带走了。

梅·玛莎就这样悄无声息地走了,没有向我们两个人道别——没有用粉笔在门柱上写下留言,没有把一张明信片留在邮局里,告诉我们任何信息,也没有在山楂丛中别上白色的纸条。

我和古罗·班科斯在此后的两个月里用尽各种办法寻找出逃者。我们寻找火车列车长、马车夫、卖票的以及一个孤独的警官帮助,利用他们的影响力,但是仍然没有获得任何消息。

此后,我们两个人成了更大的仇敌,也成了朋友,而且是比任何时候关系都要亲密的朋友。斯奈德的酒馆成为我们聚会的场所。我们每天下午干完活儿后都会去酒馆的后房里玩骨牌,为了测试对方是否已经探听到了什么消息,我们在谈话过程中不停地设置陷阱。这就是对手之间的竞争。

为了卖弄自己的学问,古罗·班科斯用自嘲的方式和我交谈,他把我归到朗读"简·雷实在太可怜了,她无法做游戏,因为她的鸟儿已经死掉了"的层次。不过,这并不妨碍我对他的喜爱,而且我根本瞧不起他在大学里学到的学问。此外,我在别的人印象里一直是一个和蔼可亲的人,因此我也就无法发脾气了。此外,我还想从他那里获知梅·玛莎的消息,所以我无法断绝我们之间的关系和往来。

他在一天下午对我说:"艾德,就算你真的能够将她找到,你又能够获得什么好处呢?曼卜姆小姐是一个聪明人,也许她的头脑还没有得到良好的发展,但是你能够给予她的东西有限,她注定要享受更为高级的东西。在与我交谈过的人中,她最能领会古代诗人和作家，以及从古代的生活哲理中获得养分的现代崇拜者的魅力。寻找她简直就是在白白浪费你的时间，对于这一点，你难道一点儿也不明白吗？"

我回答说："我觉得，幸福的家就是位于得克萨斯草原上的一个房子，它躲在橡树丛中，旁边有一个池塘。这个房子共有8个房间，一架能够自动演奏的钢琴摆在客厅里，有3 000头牛被关在围栏里。家里要有一架平板马车，拴在柱子上的矮种马等着梅·玛莎·曼卜姆——这所房子的女主人随心所欲地花掉农场的收益。我们相处在一起，她每天都会把我的烟斗和拖鞋藏起来，让我晚上找不到，"我说，"幸福的家就应该像这样。至于你的哲学、课程以及崇拜者，我根本就不在乎。"

古罗·班科斯再次说道："只有更为高级的生活才适合她。"

"不管她注定要如何，"我说，"现在她失踪了，而尽快找到她是我当前的任务，我可不需要大学的东西帮忙。"

古罗将手里的牌放到桌子上，说："这局无法继续进行下去了。"之后我们去喝啤酒。

不久后，一个农民带着一张叠好的纸来找我。我认识他，他把那张纸交给了我。他告诉我，他的爷爷去世了。我很伤心，流下了一滴眼泪。他继续说，20年来，这份文件一直保存在他爷爷手中。他爷爷把它与一块无法种庄稼的土地和两头骡子当做遗产传给了后代。

文件是用蓝色的纸写的。那张纸有着悠久的历史，早在主张脱离联邦者遭到废奴主义者反对的那个时代就被广泛使用。日期为1863年6月14日，内容为埋藏价值30万元金币银币的地点。这个情报是老伦德尔——他的爷爷从一个西班牙神父那里获得的。那个神父曾参与过埋宝，多年以前，不，是以后死在老伦德尔家里。神父在临死前讲出了这个秘密，老伦德尔把它记了下来。

我问小伦德尔说："你的父亲呢，他怎么没有去寻宝？"

"他当然想去了，不过，他的眼睛出现了问题，在去寻找宝藏之前就瞎了。"他回答说。

"那你自己也可以去，你为什么不去呢？"我继续追问。

他回答说："我在10年前才知道这份文件。我有很多事要做，春耕、给玉米地锄草、收饲料，这些活儿让我忙个不停。等到我忙完后，冬天也就到了。就这样，几年时间匆匆而过。"

我觉得小伦德尔的话合情合理，于是立即与他建立起了密切的关系，与他交往。

文件只有一份说明，而且一点儿也不详细。多洛雷司县有一个古老的西班牙传教团，驮着财宝的小驴队伍就是从那里出发。这支队伍在指南针的引导下，一直向正南走，最后来到了阿拉密托河。他们蹚水过河，把财宝埋在两座高山之间的一座形状与驮鞍相似的小山顶上。为了记住那个地方，他们在那里堆起了一堆石头。几天之后，埋宝的人遭到了印第安人的屠杀，除了神父外，其他人全都死了。只有小伦德尔和我知道这个秘密，我对它充满了期待。

小伦德尔向我提出了这样的建议：置办一套露宿的装备，雇一名勘探员，从西班牙传教团一直向前勘探，直到寻找到那笔价值30万元的财宝。找到后，我们去沃斯堡看风景，将那笔钱花掉。我知道不能花太多的开销和时间，因为虽然我没有受过太多教育，但我仍然能够想出解决这个问题的办法。

我觉得，根据从古老的传教团到阿拉密托河之间所有土地测绘图而画成的简图会对我们大有帮助，于是就与小伦德尔一起去了州土地管理局，请那里的人为我们绘制这样一张图。画好后，我在这张图上沿着那条河画一条线,将每块土地、每条测量路线的长度全都清清楚楚地标注出来。我们根据这些资料找到河上的某个点,并且将这一点与洛斯阿拉莫斯勘测区找到的一个极为重要的点连接起来——西班牙国王菲利普是这片面积为 5 平方公里的土地的授权者。

如此一来,我们不需要寻找勘测员对全线进行勘测了,大量的花销和时间得以节省下来。

于是,我和小伦德尔赶着一辆由两匹马拉的车子,带上所需的物资就出发了。我们赶了 149 公里的路,来到了奇克镇,接上县里的副勘测员,那里是离我们想去的地方最近的一个镇。副勘测员将洛斯阿拉莫斯勘测区里的那一角找了出来,之后把一块石头放在那里。吃完熏咸肉,喝完咖啡后,他就乘坐邮车返回奇克镇了。

我们一定可以拿到那 30 万,对此我充满了信心。小伦德尔只能得到 10 万,因为我支付了所有的开销。我知道,那 20 万能够帮我找到梅·玛莎·曼卜姆,无论她在世界的哪个角落都可以。有了钱之后,连曼卜姆老头鸽棚里的蝴蝶都会受到我的煽动。如果我能够找到那批财宝,那就太好了!

我和小伦德尔把所有东西安排妥当。河对岸有十几座覆盖着茂密的松柏的小山,但是我们没有发现驮鞍形状的小山。我们知道外观具有欺骗性,因此并没有失望。驮鞍如同美貌一样,只有近距离观察才能发现。

我与小伦德尔像正在捕获可恶的虱子的太太那样,仔细地搜索被松柏覆盖起来的小山。我们在沿河 2 公里的范围内搜索起来,每座山的每一个山顶、山坡、边缘、突出的地方,一般的鼓包、坑洼、斜坡都被我们仔细搜查过。我们花了 4 天时间,完成了这项工作。后来,我们把灰褐色的马和沙毛马套到车上,走了 149 公里,把剩下的熏咸肉和咖啡拉回孔桥城。

在返回孔桥城的路上，由于急着要回去，我一路上都在忙着赶车，而小伦德尔一直在嚼烟草，整整嚼了一路。

两手空空地返回孔桥城后，我和古罗·班科斯很快就在斯奈德酒馆的后房里见面了。我们探听消息，玩骨牌。我对古罗讲了我们寻宝探险这件事。

我对他说："如果我得到了那30万，我就会到地球的每一个角落去寻找梅·玛莎·曼卜姆。"

古罗说："那些更高级的东西才是她应该享受的，我会找到她的。不过，我对你们寻找那还没有出土的宝藏的埋藏地点很感兴趣，你把寻宝的过程讲给我听听。"

我把绘图员绘制的地图拿出来给他看，各部分的距离在地图上都标得清清楚楚，还把寻宝的过程详细描述出来。

他像个专家似的瞥了一眼地图，然后把身体靠回椅子上，冲我大笑起来。那是由大学课堂而来的笑声，充满了优越感和嘲讽的意味。

"天哪，艾德，你实在太笨了。"一阵狂笑过后，他这样说道。

"轮到你出牌了。"两边都是六点的牌拿在我的手里，我抚摸着它们，耐心地说。

"20。"古罗一边说，一边拿粉笔在桌子上画了起来，画了两个十字。

我问他说："你为什么说我傻？以前人们经常在某些地方挖出埋藏的宝藏。"

他说："我说你傻是因为你在计算路线和那条河的交汇点的时候，把变差给忽略了。那里的变差应该为偏西9度。把铅笔递给我。"

古罗·班科斯以非常快的速度在信封的背面画了起来。

"从西班牙传教团出发的路线，由北向南的距离是 22 公里。你说是用袖珍指南针确定的这条路线，如果考虑到变差，埋藏宝藏的地方，阿拉密托河上的那一点，正好在你们找到藏宝地点的西边 6 公里 945 瓦拉的地方。艾德，你实在太傻了！"

我问他说："我觉得数字是最诚实的，你能够给我解释一下变差吗？"

"子午线是根据地极确定的，变差就是指磁罗盘与子午线之间的差异。"古罗回答说。

他非常狂妄地微笑着。随后我看到他的脸上露出强烈的贪欲，只有寻宝之徒才会有那样强烈的欲望。

他派头十足地说："有些时候，关于埋藏起来的宝藏的传说并不一定是假的。我觉得你应该把那份描述藏宝地点的文件拿出来让我研究一下，或者我们可以一起……"

结果，我和古罗·班科斯由情敌变成了一起寻宝的伙伴。亨特司堡是距离我们最近的铁路小城，我们从那里坐驿车前往奇克镇。到达奇克镇后，我们将露宿的装备放在一辆轻型车上，租了几匹马拉车。我们找到上次那个勘测员，把古罗用变差修改过的结果拿给他看，让他测量距离，之后就把他打发走了。

直到夜里，我们才赶到目的地。我喂马，在距离河岸不远处生火做饭。我本来应该获得古罗的帮助，但是他无法做好任何具体事情，因为他受过良好的教育。

不过，他在我干活时也没有闲着。他引用了很多从希腊文翻译过来的东西，用古人传下来的伟大思想鼓励我。

他说："曼卜姆小姐最喜欢的就是阿那克里翁的这一段。不过，只有我的背诵才能够让曼卜姆小姐满意。"

"那些更高级的东西才是她应该享受的。"我用他的话回答他。

"生活在文化和知识的氛围里，沉浸在古典作品之中，不正是最高级的事情吗？你经常污蔑教育，你不了解简单数学造成了多么严重的后果啊！如果不是我利用知识将你的错误指出来，你要找到你的财宝，还不知道要等到什么时候呢！"

"河对岸的那些小山是我们首先要看的。我仍然怀疑变差，因为我从小学到的知识告诉我，指南针正指着北极。"我说。

第二天，我们迎来了六月晴朗的早晨。我们很早就起来，吃过了早饭。古罗非常有意思，他在我烤熏咸肉的时候背诵了济慈、雪莱或者凯莱的诗句。这里的河很浅，只是一条小溪，我们准备过河去探测对岸众多的山顶陡峭、覆盖着松柏的小山。

就在我洗早饭用过的盘子时，古罗拍着我的肩膀说："我的好艾德，再把那份具有神奇力量的文件拿出来给我看看。我相信它会给我们提供更多的信息，或许还会将爬那座驮鞍形小山的方法告诉我们。艾德，你能给我描述一下驮鞍的形状吗？"

"你不是具有渊博的知识吗？怎么连这都不知道。扣你一分。看见我就能认出来了。"我说。

古罗在看老伦德尔的文件时，大声骂了一句，那是与大学里的咒骂反差最为强烈的一句。

"过来。"他把那张纸举起来对着阳光，之后用手指给我看。

我看到白色的字"默尔文"和数字"1898"在蓝色的纸上显现出来。以前我从来没有注意到这一点。

"有什么问题吗？"我问。

古罗回答说："这是水印，文件上标注的日期是1863年，而这张纸的生产日期是1898年。这是一个骗局，一个十分明显的骗局。"

我说:"这可不一定。伦德尔一家是没有接受过教育的农民,他们非常淳朴、诚实。也许是造纸的人想要人们永远无法将这个骗局揭穿。"

之后,古罗·班科斯彻底发疯了。他盯着我不停地看,眼镜从鼻子上滑了下去。

他说:"我经常说你傻,并没有冤枉你。一个乡下人把你给骗了,你还要拉我下水,所以就来骗我。"

我问他说:"我怎么骗你了?"

他回答说:"你用无知欺骗了我。我两次发现你的计划里存在着中小学生都会避免的严重缺陷。而且,为了寻找根本就不存在的宝藏,我花了很多钱,我本来可没打算要花那么多钱的。我彻底不再参与这件事了。"

我站起来,将锡匙从洗碗水里捞出来,指着他说:"你受过的教育根本无法引起我的兴趣,我很难容忍任何人的教育,更加鄙视你的教育。你从你的学问中收获了什么?它是你的灾祸,让你的朋友讨厌你。带着你的变差和水印离开吧。我根本没有把它们放在眼里,我的寻宝不会因此受到任何影响。"

我看到河对岸有一座驮鞍形的小山,就用锡匙指着它说:"看到那座山了吗?我要去搜索它,寻找埋藏起来的财宝。你到底要不要参加,现在就做决定吧!如果你的心因为变差和水印受到影响,那你就不是真正的探险家。现在立即做出决定吧!"

赫斯帕罗斯到奇克镇的邮车从河边的路上经过,在路上扬起一阵白色的尘土。古罗让邮车停了下来。他阴沉着脸说:"我彻底不再参与这件事了。现在只有傻瓜才会继续把那张纸看成藏宝图。哎,艾德,你一直都很傻,我就把你留下来,让命运来对你做出裁决。"

他把行李收拾好后就上了邮车，还神经兮兮地把眼镜推了一下，之后就在一阵尘土的伴随下离开了。

我把盘子洗完后，牵着马来到一片新草地，把它拴在那里，之后就过河慢慢地往驮鞍形的小山顶上爬。当我穿过一丛又一丛的松树和柏树后，终于来到了山顶。

这是 6 月的一天，非常有意思。我看到了大量的鸟儿、蚂蚱、蜻蜓、蝴蝶，以及地上跑的、空中飞的动物。那些空中飞的动物还长着螫针或者翅膀。

从山脚爬上山顶时，我对这座驮鞍形的小山进行了细致的观察，发现这里的树上没有古老的刻痕，这里也没有石头堆，总之，我找不到任何有关老伦德尔的文件中记载的 30 万的踪迹。

我在下午天气凉爽时下山。当从松树丛钻出去时，我意外地来到一片美丽的绿色山谷。一条小溪在山谷中流淌，最后汇入阿拉密托河。

我在这里见到了一个人。我以为他是野人，所以非常吃惊。他正在捉一只长着漂亮翅膀的大蝴蝶，他那乱蓬蓬的胡子和头发缠在一起。

我对自己说，他可能是一个逃出来的疯子。可是我对他来到这里，远离知识和教育感到奇怪。

我向前走了几步之后又有了新的发现。我看到一座覆盖着藤萝的小房子位于小溪旁，而且还看到了梅·玛莎·曼卜姆，她正在林间的一片草地上采野花。

她发现我后，就直起身来，一直盯着我看。我发现她那如同崭新钢琴的白色琴键的脸变成了桃红色，这是我认识她后第一次发现她脸色的变化。我什么也没有说，默默地向她走去。她手中拿着的花一朵一朵地慢慢落到草地上。

"艾德,我就知道你一定会来到这里,爸爸禁止我写信,但我仍然相信你会来到这里。"她一字一顿地说。

我的马和车就在河对面,因此你应该能够猜到下面的事情。

我经常搞不懂,如果一个人学到很多知识后,无法运用这些知识,那么知识对他来说又能有什么用呢?如果学习知识是为了服务别人,那么哪里才是它发挥作用的空间呢?

我和梅·玛莎·曼卜姆生活在一起。于是,我们在橡树丛中建了一座房子,它有 8 个房间,客厅里摆着一架能够自动弹奏的钢琴。有了这样良好的开端,距离围栏里有 3 000 头牛的目标还远吗?

晚上回到家里,我想要寻找我的拖鞋和烟斗,但找了半天也没有找到。

可是,找不到又能怎么样?谁又会介意呢?要介意的人就让他去介意吧,反正我是不会介意的。

财神与爱神

一个有钱的老人花钱组织了一次大规模的堵车,而目的竟然是为儿子制造一个向心爱的女子求婚的机会。

贵族俱乐部会员 G. 范·舒莱特·萨福克·斯，住在老安东尼·洛克威尔家的右边。他正离开家走向等候中的小轿车，边走边习惯性地皱了下鼻子。这个动作是向着肥皂大厦前面的意大利文艺复兴式的雕塑做的，带着明显的轻蔑意味。

老安东尼·洛克威尔站在第五大道私宅的书房里，这位已经退休的罗氏尤里卡肥皂制造商兼老板，在窗边咧嘴笑着向外张望。"这个老家伙！"这位前任肥皂大王看着琼斯骂道，"整天没事儿干还总是自以为是，早晚有一天，这个老古董就被伊甸园博物馆收了去展览。我夏天要把这栋房子重新刷一遍，刷成红、白、蓝三种颜色，准保气得这个荷兰佬的鼻子翘得更高。"

老安东尼·洛克威尔不喜欢用按铃的方式唤人来，他径直走到书房门口，用他那曾穿透堪萨斯大草原天空的嗓音喊道："迈克！"

老安东尼吩咐刚过来的用人："叫我儿子出门前到我这儿来一趟。"

老人见小洛克威尔走进来，把报纸搁在一边，注视着他，红润光滑的大脸上，神情慈爱而又严肃。他一只手在乱蓬蓬的白头发上揉弄，一只手伸进口袋里，弄得钥匙咔咔作响。

"理查德，"安东尼·洛克威尔对小洛克威尔说，"你用的肥皂花了多少钱？"

理查德刚刚大学毕业 6 个月，一直在家里待着。他对父亲的脾气一直摸不透——父亲就像一个初涉世的姑娘，这让他有点儿吃惊。

"一打大约是 6 块钱，爸爸。"

"那你的衣服多少钱？"

"还是在60块上下吧。"

"嗯,绅士!"安东尼断然道,"听说,一些有钱人家的年轻人要用24块钱一打的肥皂,一件衣服要100多块。其实你可以和他们一样奢侈的,因为你有足够的资本,而你,却在体面的同时又做到了节约。我现在还在用老牌子的尤里卡肥皂,不光是有个人感情在里面,更重要的,它是最纯正的肥皂。像那些一毛多钱一块的肥皂,不过是些糟糕的牌子加粗劣的香料。不过以你的情况来说,用五毛钱的肥皂已经足够了。我刚才说过,你是一位绅士。有人错误地认为,三代人的努力才能成就一位绅士。在我看来,用金钱来打造绅士,就容易得像手抚过肥皂油脂一样,水到渠成。你看,你已经是一位绅士了。老天,我也快被金钱变成绅士了!我差点儿变得行为怪异、不通情理了,像那两个荷兰籍的纽约人一样。就因为我在他们中间置办了房子,他们就天天晚上连觉都睡不好。"

"金钱并不是万能的。"理查德有些神情黯淡。

"别这么说,孩子。"老安东尼有些惊讶,"我每一次都把赌注放在金钱上。在我眼里,金钱就是至高无上的。百科全书里从A到Y开头的东西,我还没发现用钱买不到的。看来我下个星期得再查一查了。现在你告诉我,还有什么东西,我用钱买不到。"

"第一,上流社会那个封闭的社交圈子,有钱也不一定能够进入。"理查德心里觉得有些别扭。

"啊,是这样吗?"这个金钱的忠实拥趸嚷起来,"那你倒说说看,当年老阿斯特如果没有钱坐船到美国来,你口中的那个封闭的圈子又从哪里来?"

理查德微微叹气。

"这就是我想要跟你谈的,"老安东尼缓和了一下语气,"我叫你来就是为了这个。我注意你两个星期了,孩子,你不太对劲儿。跟我说说吧,我想我可以在不动用房产的情况下给你凑齐1 100万,不超过24小时。如果你还觉得不舒服,'漫游者'号已经准备好了,已经加好煤停在海湾里,两天就能到巴哈马群岛。"

"被你猜中了,爸爸,差不多是这样。"

"是吗?她叫什么?"安东尼开始关切起来。

理查德在书房里来回走着。他想说出心里话,因为父亲虽然粗鲁,却十分和善。

"怎么不向她求婚呢?"安东尼追问道。"她肯定会投进你的怀抱的。你这么有钱,而且相貌英俊,为人又很正派,你的手并没有被尤里卡肥皂玷污。你读过大学,但是我想她不会在乎这个。"

"我找不到机会。"

"那你就自己制造机会!"安东尼说,"带她出去玩儿一圈,或者做完礼拜之后送她回家。哼!没有机会!"

"你不了解社交规则,爸爸。而她就是这规则的一部分,她的每一分钟都会在几天前做好安排。爸爸,我一定要得到这个女孩儿,如果我得不到她,那这个城市对我来说,就永远像个臭水坑一样。但是,写信表白我又做不到。"

"那照你这么说,我全部的钱也换不来你跟那女孩儿一两个小时的独处吗?"安东尼不屑地说道。

"太晚了,她后天中午就要乘船去欧洲了,过两年才能回来。明天晚上我可以和她单独待几分钟。现在她就在她拉奇蒙德的姨妈家里,但是我怎么能到那儿去?我只能在她明天晚上8点半坐火车回来的时候,用马车去车站接她。然后还要快速地赶到百老汇的华莱科剧院,她的母亲和亲朋好友都会在休息室里等着我们看戏。在那种情况下，又只有这么短的时间，她怎么可能听我表白？不可能的，即使在看戏过程中又或者散戏之后，我也没有机会。爸爸，这就是你的钱无能为力的地方，买不到哪怕一分钟的时间。如果能买的话，富人岂不是都长寿啦。在兰特瑞小姐走以前，我看我是很难跟她好好地交谈一下了。"

"行啦，孩子！"老安东尼看起来很愉快。"你现在可以去你的俱乐部了。很高兴看到你现在没事。不过记着，抽空就去庙里拜拜财神。虽然你没办法把时间打包订购，但是我好像看见，时间在金钱面前已经走得磕磕绊绊了。"

晚上，安东尼正在看晚报，爱伦姑妈来看他了。爱伦是个温柔而敏感的女人，脸上布满了皱纹，总是为钱财而叹息烦恼。他们谈论起恋人的苦恼。

"他都跟我说了，"安东尼打着哈欠，"我说我的钱随他怎么用，他倒找起钱的麻烦了。他说钱没用，就算是一群百万富翁合起来也丝毫不能撼动社会规则。"

"安东尼，不要把钱想得那么重要。"爱伦姑妈叹了口气，"在真爱面前，金钱是无能为力的。爱情的力量才是无穷的。理查德要是早点儿说就好了，那女孩儿不会拒绝他的。现在只怕已经太晚了，他没有表白的机会了。你全部的钱都换不来你儿子的幸福。"

第二天晚上8点钟左右，爱伦姑妈拿出一只很旧的盒子，从里面取出一枚样式古老的金戒指，放在理查德手里。

"孩子，今天晚上戴着它。"爱伦说道，"你母亲把它给我的时候，说它是恋人的幸运符。她让我在你遇到心上人的时候交给你。"

理查德恭敬地接过戒指，尝试戴在小指上，但是到了第二个指节就戴不进去了。他摘下戒指，放进坎肩口袋里，然后打电话叫了辆马车。

8点32分的时候,理查德终于在车站的人潮中找到了兰特瑞小姐。

"别让我母亲他们等得太久了。"兰特瑞说道。

"去华莱克剧院,越快越好!"理查德催促车夫。

他们从四十二号街赶往百老汇,中途驶进一条灯光闪耀的小路,沿着西区这些低矮的平房驶向东区的那些高楼大厦。

眼看就到三十四号街了,理查德突然让车夫停下车。

"我的戒指掉了。"他十分抱歉地说着,开门钻了出去。"我不能把它弄丢了,那是我母亲的。我看到它掉在哪了,不会耽搁多少时间的。"

理查德很快找到戒指,回到了马车上。

但是刚刚在他找戒指的时间里,一辆公共汽车停在了马车的前面。车夫想从左边过去,被一辆快递车挡住了。又往右拐,却被一辆拉家具的货车拦了回来。他要倒车往回走,却又放下缰绳咒骂起来——他们的马车已经被一群车辆围在了中间。大城市偶尔会突然发生交通拥堵,就是现在这种状况。

"怎么不继续赶路啊?"兰特瑞小姐着急地说道,"我们要迟到了!"

理查德站在马车上,朝周围望了望。百老汇大街、六号路和三十四号街的交叉路口,各式各样的马车、货车和公共汽车,就像一条22英寸的腰带箍在一个腰围26英寸的姑娘身上。更糟糕的是,这几条路上仍有许多车在往交叉口汇集,融进这片混乱之中。杂乱的声音加上马车夫的谩骂声,仿佛曼哈顿所有的车都开到了这里。成群的纽约市民站在一旁围观,恐怕他们当中年纪最大的也没见过这种规模的堵车。

"真对不起，"理查德坐回车里，"看来我们要被堵在这里很长时间了。都怪我，如果我没丢掉戒指，我们……"

"戒指给我看看。"兰特瑞小姐说道，"没关系，这也是没有办法的事情。我总觉得看戏很没意思。"

晚上11点钟的时候，安东尼·洛克威尔的房门响了。"进来。"安东尼喊道。他穿着红色睡衣，正在看一本关于海盗的书。

爱伦姑妈走进来，她像一个长满白发的天使一般，只是不知什么原因留在了人间。

"理查德求婚成功了。"她轻声说着，"他们去剧院的路上堵车了，等了两个小时才离开。安东尼，我的哥哥，不要再吹嘘金钱万能了。为理查德赢得幸福的，是一枚小小的戒指，一枚象征着至死不悔、不图利益的真爱的戒指。他把戒指丢在了路上，下车找戒指的时候，马车就被堵住了。在堵车的时间里，他表白了，并且赢得了芳心。在真爱面前，金钱毫无作用，安东尼。"

"不错，"安东尼说道，"我很高兴他能如愿以偿。我说过，我愿意倾我所有，只要……"

"但是，哥哥，这跟你的金钱有什么关系吗？"

"妹妹，"安东尼说道，"海盗的船被凿沉了，他已经陷入危境。但是他知道，金钱的价值太大了，所以，他不能让自己淹死。让我读完这一节好吗？"

本来故事应该圆满结束了，我也希望是这样。但是为了真相，我们还是探求到底吧。

次日，一个叫凯利的人，来拜访安东尼·洛克威尔。这人两手发红，系着一条带有蓝点花纹的领带。安东尼叫人把他请进了书房。

"不错，"安东尼边说边拿过支票本，"这锅肥皂炖得挺烂。我看看支票本,我已经给了你 5 000 块钱现金了。"

"我又自己垫进去 300 块。"凯利说道,"快递车和出租车差不多都是要的 5 块,但是卡车和马车都跟我要 10 块,汽车也要 10 块,一些大型的车跟我要 20 块。最狠的是警察,有两个要了我 50 块,其他的 20 块或者 25 块。我只能超预算使用。但是,洛克威尔先生,这件事办得应该还算可以吧?幸好威廉·A.布莱迪不在场,不然被他看到那个稍微有些混乱的场面,他肯定心都要碎了。我们并没有事先排练过,但那群人都很准时,一秒也不差。整整两个小时,格里利雕像下边别说车了,蛇都钻不过一条。"

"给,凯利,1 300 块。"安东尼撕下一张支票,"你垫的 300 块,和你的 1 000 块酬劳。你不会看钱不顺眼吧,凯利?"

"我?"凯利说道,"谁带来了贫穷我就揍谁。"

凯利刚走到门口,安东尼又叫住了他。

"凯利,在堵车的地方,"安东尼问道,"你有没有看到有个小胖男孩儿①没穿衣服,还拿着弓箭到处射?"

"啊,没有,"凯利回答道,他有些摸不着头脑,"我没注意,也许在我到之前,警察就已经把他抓起来了。"

"我认为这个小坏蛋不会在那里的。"安东尼笑起来,"再会,凯利。"

---

① 指罗马神话中的爱神丘比特,被他的箭射到的人会相爱。

骗术和良心

小说讲述的是两个骗子把一名富商的藏品偷出来,又设骗局让富商花钱把藏品买回去的故事。

"干诈骗这行的人也得讲职业道德。安迪·塔克老是不按规矩出牌,我也说服不了他。"这天,杰弗·皮特斯对我讲。

"安迪的心眼儿太多,总让人觉得不靠谱。为了能将钱骗到手,他诡计百出,估计就连骗术大全里都查不到他用的方法。

"我跟他不一样,我拿人家钱的时候总会给一些补偿,像一些镀金首饰、清洁剂、止痛药水、花籽,等等。我想我的祖先应该是新英格兰人,那里的人最怕警察了,我也遗传了他们的惧怕心理。

"我想安迪的家族史不会比一家公司的历史更长。

"有一年夏天,我们在位于西部中间的俄亥俄河谷附近做生意,卖相册、头疼粉、蟑螂药。安迪想出了一个赚钱的办法,能赚大钱,但是可能会被起诉。

"他跟我说:'我总是在想,杰弗,我们不应该再赚这些乡下人的钱,应该做点儿大买卖,围着这些人转会被人笑话的。去那些大城市,大赚一笔,你觉得怎么样?'

"我对他说:'算了吧,你也知道我的性格。我一向比较实诚。就比如说咱现在做的吧,人家给了我钱,我就得给人家东西,一些能看得见摸得着的东西。即使这东西根本不值钱,也比让人家拿不到东西来追我的强。不过,安迪,如果真有什么好主意的话,那就说说看。我也不反对多赚点儿钱,不一定非要干这种小买卖。'

"安迪说道:'我打算去狩猎,不需要打猎工具的狩猎,猎捕那些百万富翁。'

"我问安迪:'去纽约?'

"安迪说:'不,是匹兹堡。百万富翁都待在匹兹堡,他们去纽约那是迫不得已。他们讨厌纽约。这些人到了纽约,就好像苍蝇落进刚煮开的咖啡里,引得众人围观议论,他们自己却感受不到咖啡的味道.'

"'纽约那里尽是一些趋炎附势、假装正经的人,就算是花再多的钱也买不来他们的尊敬。百万富翁一到了纽约就变成冤大头啦。我见过一个匹兹堡的富翁,据说有 1 500 万财产,到那个鬼地方待了十来天,他的消费账单被我看到了:

往返火车票……2 100 元
车马费……200 元
住宿费……5 000 元
其他费用……575 000 元
总计……582 300 元

"'纽约就像饭店里服务员的领班,你花的钱越多,他们越会拿你开涮。所以,匹兹堡人在老家花钱才能花得舒服点儿。我们要去那里找他们.'

"我和安迪把卖的那些东西寄放在朋友家的地下室里,然后来到匹兹堡。安迪并没有说是要行骗还是打算抢劫,做这种事他总是脑子转得很快,信手拈来。

"每次跟他合作,他都会答应我一些条件。因为我胆子比较小,他就不让我做犯法的事,只让我出力气。拿了钱会给人一点儿小小的补偿,好让我良心上过得去。这样,我才会跟他一起做那些见不得人的事。

"一条叫作史密斯菲尔德的煤渣路弥漫着烟尘,我们在路上溜达。

我问安迪：'想好办法没有，怎么去结交那些煤炭和钢铁界的大亨？不是我贬低自己抬高别人，只是我觉得，要跟那群富翁打成一片，没你想得那么容易吧？'

"安迪说：'就算真的不容易，问题也是出在咱们的素养和气质都比他们要高一些。匹兹堡的阔佬们都很好搞定的，都是一些思想单纯、爱好民主的人。'

"'这些人不喜欢装腔作势，表面看上去心直口快、略显粗鲁，但那其实是他们不懂礼貌。在功成名就之前，他们差不多都是无名小卒，如果哪一天匹兹堡的工业不行了，这些人只怕还会被打回原形的。我们只要假装友善，并且谈论一些他们关注的问题，诸如关税之类，那混进他们的圈子就不成问题啦。'

"我们在那里就这样转了好几天，见到了不少富翁。其中有一个经常停车在我们饭店门口，要一瓶一夸脱的香槟，开瓶之后就直接对着瓶子喝。这就说明，他发达之前是吹玻璃瓶的。

"这天，安迪没回来吃晚饭，夜里11点才出现。他跟我说：'杰弗，找到目标啦！这人做的是石油、轧钢、房地产和天然气生意，身家1 200万。这人挺和善，最近5年才发达的。他还请了位教授，给他补习艺术、文学、着装之类的。'

"'我遇到他的时候，他正跟一个钢铁公司的人打赌。今天阿勒格尼轧钢厂死了4个人，结果他因此赢了1 000元。他请了旁边的所有人喝酒，当然，包括我。喝酒的时候我们聊得很投机，于是他邀请我吃晚饭。我们在宝石小巷的一家饭店吃了油炸苹果派，品尝蛤蜊汤，还喝了莫塞尔红酒。'

"'晚饭后，他又邀请我去看他位于自由路的公寓。他自己就有10间屋子，外面是浴室，下面有个鱼市。据他说，光屋子里的家具就

花了 1.8 万块,我绝对相信。'

"'他姓思凯德,45 岁,现在正在学钢琴。他房间里的画价值 4 万块,另一间屋子的古玩也值 2 万块。他的油井每天能打出 1.5 万桶油来。'

"'行啦,'我说,'认识他是你运气好,但你后面讲的跟我们有关系吗?字画、古玩会给我们吗?油井的油能有我们的份儿吗?'

"安迪坐在床上想了会儿,说:'不用着急,他并不是为了附庸风雅才收藏那些字画、古玩的。让我看那些东西时,他满脸的红光呢,就像炉火映在他脸上一样。他跟我说了,如果有几笔大生意做成,他的藏品会让摩根的挂毯、奥古斯塔的珠宝都黯然失色。'

"安迪还说:'他后来又给我看了一个小雕塑,绝对是极品。那是用一整块的象牙雕出来的一朵莲花,莲花中间雕着一颗美人头像。思凯德说那是 2000 年前的东西,他查了记录,上面写得很清楚。公元元年左右,埃及一位姓荷夫拉的雕塑家雕了一对这东西,送给了拉姆泽斯二世。后来,其中一个失踪了,那些淘宝的人翻遍了欧洲也没能找到。我看到的这个花了思凯德 2 000 元。'

"'够了,'我说,'你说的这些跟我一点儿关系也没有。我们来这里是为了给那些阔佬点儿教训,不是来补习艺术品鉴赏的。'

"安迪却悠然自得,说:'放轻松,我们的机会就要来了。'

"安迪第二天很早就出了门,中午时分才回来。他叫我到对面他的房间,然后从衣兜里拿出一个和鹅蛋差不多大的包。打开一看,里面是一个象牙雕,和他之前描述的那个是一样的。

"'我刚才在一家当铺见到了这东西。'安迪说,'它被一堆破铜烂铁压在下面,只露出一半。老板说是下游的一个外国人当的,已经在这儿放了很多年,记不清是阿拉伯人、土耳其人还是哪里的人了。

反正现在是死当了。'

"'我开始给价2元,但是那老板看出我十分想买,说我这是跟他孩子抢东西吃,跟我要35元。最后,我25元买的。'

"杰弗,这个雕塑和思凯德的那个正好是一对,跟他要2 000块的话,他绝不犹豫。谁又能确定这不是出自同一人的手笔?

"我点点头,说:'确实。但怎么才能让他自己咬钩呢?'

"显然,安迪早有安排。告诉你我们是怎么做的。

"我改名为比格曼教授,弄乱了头发,架一副蓝色眼镜,身着黑礼服,在另外一家宾馆登记了一间房。然后我发了封电报给思凯德,说有件价值连城的珍品,约他见面。只半个多钟头,他就找到宾馆,敲开了我的房门。这人一身的康涅狄格州雪茄和石脑油的味道,长相很普通,声音十分洪亮。

"'嗨,教授。'他大声喊道,'生意还好吗?'

"我理了理蓬乱的头发,透过蓝色的眼镜,上下打量他两眼。

"我问道:'你好,先生,请问你是来自宾夕法尼亚州匹兹堡吗?你是柯尼利尔斯·蒂·思凯德?'

"'是的,一起喝杯酒怎么样?'他说。

"'我可没有闲心喝酒,况且对身体不好。'我说,'我是从纽约过来办事的,跟一件藏品有关。'

"'我听人说,你收藏了一个埃及拉姆泽斯二世时的象牙雕,样子是一朵莲花,中间有依西斯皇后的头像。我知道这件藏品本来是一对的,但是已经失落很久了。前段时间我在一家当……啊不,在维也纳的一家小博物馆里买到了另一个。现在,你的那件也卖给我吧,你开价!'

"'哈,教授,果真如此吗?'思凯德说道,'你真的找到了另一

个？我是不会把我的藏品卖掉的。你确定那是真的吗？'

"我拿出那个莲花雕塑，思凯德拿过去，仔仔细细地看着。

"然后，他对我说：'就是它，不会错的，怎么看都跟我那个是一对。我看这样吧，我的是肯定不会卖的，你这个转让给我怎么样？我出2 500元。'

"'听你语气这么坚决，那就把我的卖给你吧。我也不跟你讲价了，干脆爽快点儿，你现在就掏钱把它拿走。我今天晚上还要赶回纽约水族馆讲课。'

"思凯德拿着那东西离开了，我带着他在宾馆用支票兑的现金，赶去和安迪会合。

"安迪正在房间里焦急地等着。他看到我，问：'成功了吗？'

"现金，2 500元。

"'收拾行李，还有11分钟，巴尔的摩到俄亥俄的火车就要开了。'安迪催促我。

"我问他：'干吗这么着急？咱这是公平交易，即便是假的，他也不会发现那么快吧。我觉得他认定那就是真的了。'

"'是真的！'安迪说道，'那是他自己的。我昨天趁他出去的空当，把那东西放在了身上。可以收拾行李了吗？'

"'等等，'我问道，'但你说是在当铺找到的……'

"安迪说：'为了不让你的良心受到谴责而已。走了！'"

失忆症患者逍遥记

―――― ✳ ――――

　　一名律师厌烦了日常的生活,决定逃离,于是他假装失忆,去大城市好好玩了一番。

我那天清晨离开家时，并没感觉有什么不同。

像往常那样，妻子送我到门口，她还没顾得上喝她已经沏好的第二杯茶。虽然我并不冷，她还是在门口嘱咐我别冻着，并顺手在衣领上拔掉一根脱了线的丝绒，宛如一名贤妻。然后，她和我吻别，就是亲人之间那种最普通的吻别。天天如此，我已经习惯了。她想正一正我的领带夹，反而把它弄歪了。关上门之后，我听到她穿着拖鞋回去了，我猜她会先去喝那杯已经放凉的茶。

当我走出家门的时候，并没有想到病会来得这么突然，难以预料。

最近这几个月，我一直在忙一件关于铁路的大案子，没日没夜地干，才在几天前打赢了官司。做了这么多年的法律工作，我一直很少休息。

威尔尼大夫是我的医生，同时也是我的朋友，他曾经劝我说："博尔弗德，如果再这样拼命下去，你随时会垮掉的，你的大脑和神经早晚会承受不住的。你没看到吗，报纸上那么多失忆症患者的报道，他们忘掉了自己的名字、亲人和与自己有关的所有事，连家在哪里都不知道了。这些都是过度操劳造成的。"

我说道："这肯定是那些报社记者自己瞎编出来的。"

威尔尼大夫摇摇头说："不，确实有这种病。你每天围着法院、办公室、家打转，看法学书籍也许称得上是你唯一的休闲了。你该休息一下了，或者去别的地方放松一下。听我的，否则你迟早会后悔。"

"每周四我妻子都会跟我玩扑克的。"我跟他分辩道，"周日晚上她还会给我念她母亲这周寄来的信。而且，哪条法律规定了，看法学书籍不算休闲?"

那天出门之后,我想起了威尔尼大夫的话。我觉得那天的心情反而比平时更好一些。

当我睁开眼的时候,我发现自己在普通客车的座位上躺着,好像睡了很长时间似的,全身发僵。我在座位上努力地想着,半天才想起来,我应该有名字啊。我开始全身翻找,发现在上衣口袋里放着3 000元现金,但是翻遍了身上,也没有找到一张类似名片、信件或者其他写着姓名或简称的东西。我又开始努力回忆:"我应该是个有名字的人啊。"

很多人坐在车子里,看上去心情都还不错,彼此之间像熟人一样,我猜他们本来就认识。有个戴眼镜的高个子冲我一点头,坐到了我旁边,开始看报纸,他的身上有一股芦荟和肉桂混杂的味道。他看完报纸开始和我聊天,谈论最近的新闻,当作旅途中的消遣。我轻松地和他谈论着,发现自己有些事还没忘。

聊了一会儿,旁边这人说:"你跟我们是一路的吧?我是第一次来东部,以前的会议都在纽约召开。这次有很多西部人过来。我在密苏里州西科里格洛夫的贝尔德父子公司工作,我叫艾·比·贝尔德。"

虽然没有丝毫准备,但是人在遇到紧急情况时,还是可以做出反应的。我现在就像一个婴儿,又像牧师或者父母,我将得到重生与洗礼。旁边那人身上的药味使我想到了主意,我虽然不是很聪明,但是感觉还算灵敏。在他手里的报纸上,我看到了一条挺显眼的广告,更加坚定了我的信心。

"我叫爱德华·平科摩,在堪萨斯州的科纳波里斯开了家药店。"我很平淡地说。

那人显得很热情,说:"我早就猜出来了,你是个药剂师。你右手食指上的茧子肯定是被药杵磨出来的。那你肯定也是这次全国业内会议的代表了。"

我紧接着问道:"车上的人都是我们的同行吗?"

"是啊,他们都是。这列车是从西部过来的,他们都是在那边工作多年的老药剂师了。跟那些卖成品药的不同,他们不用开配方,让顾客自己往投币机里投钱。我们自己做药,加工成药丸,春天的时候还会卖点儿花籽、糖、鞋子什么的。这次开会我要提一点儿小建议,他们会喜欢的。告诉你也没关系,平科摩。你看,药店里卖的吐酒石和罗谢尔盐,它们一种有毒,一种没毒。它们都是瓶装的,标签分别是 Ant. et. Pot. Tart 和 Sod. et. Pot. Tart,这么相似,很容易让人拿错的。而多半的药店都是把它们分开,摆在不同的地方,我觉得这样不对。照我看,它们应该摆在一起,这样在拿药的时候就可以对照一下标签,才不会拿错。明白我说的话吗?"

"挺好啊,不错的提议。"我说道。

"嗯,开会的时候我提出这个建议,你在旁边就表示赞同。我要让东部的那些老先生知道,这行并不是只有他们做得不错。"

"或许我真能有点儿作用,"我关切地说,"那么,两种瓶装的……额……"

"吐酒石和罗谢尔盐。"

我赶忙说:"以后就要摆在一起了。"

"还有件事想问下你,"贝尔德说,"你在做药丸的时候,用什么做成形剂?氧化镁、碳酸镁、还是研成末的甘草根?"

氧化镁相比而言还比较好说一些,于是我答道:"啊——我用氧化镁。"

贝尔德透过眼镜看了我一眼,露出狐疑的表情。

"我用的是碳酸镁。"

又过了一会儿,他把报纸放在我面前,让我看他指着的那条新闻,并且说道:"假装失忆的。净是这些事,我可不信这些,我觉得大部分都是假的。他们对周围的事情都厌烦了,就想自己跑出去偷玩。如果被人发现了,就会假装失忆,谁都不认识,连自己叫什么都不知道。失忆?呸!在家里就什么都记得!"

我拿起报纸,看到一条十分显眼的新闻:

丹佛6月20日讯:一名叫作艾尔文·希·博尔弗德的优秀律师,于三天前不知因何故走失,经多方寻找仍没有线索。失踪之日,他提取了大量现金,但离开银行后便不知所踪。此人已婚,有一套房子,其个人所藏书籍居全州之首。他经手案件无数,多以胜诉告终,有很高的声望。喜欢安静,热爱家庭,对事业充满热情。博尔弗德先生的失踪可能与工作有关,他最近正在着手办一件与铁路有关的大案子。有说法认为他是因太过疲劳而损害了大脑。现在人们仍在尽力寻找这名失踪人员。

我看完这条新闻,对他说道:"贝尔德先生,你是不是想得太多了,我认为这事不应该是假的。你看他事业有成,家庭幸福,又有名望,干吗放着好好的日子不过?我知道这种病,病人会忘掉很多事情,包括家庭住址、自己的姓名和自己的往事。"

贝尔德说:"什么啊,怎么会!这些人就是想找乐子。现在的人有学问,都知道失忆症是怎么回事,就借此失忆一把。其实,女人们也都心知肚明,等事情一了结,她们就假装严肃地说:'我也不知道怎么回事了。'"

我和贝尔德就这样打发掉了时间，他的那些人生观点对我并没有什么好处。

晚上 10 点的时候，我们到了纽约。我坐马车找到一家旅馆，登记的时候，我写下了爱德华·平科摩的名字。我瞬间有一种重获自由的畅快感觉，就像刚出世的婴儿，挣脱了上一世的桎梏。此时我带着已拥有的人生经历，踏上了一个新的起点。

那天我没有拿行李，惹得那旅馆的侍者盯了我好几秒钟。

"我是来开全国医药行业会议的，行李还没有到。"我边说边掏出一沓钞票。

"是吗，西部的代表有很多都住我们店呢。"他冲我说着，嘴里露出一颗金牙。然后他摇了摇铃，唤来一名服务生。

我觉得我该再表演得像点儿，就跟他说："我们西部的代表这次有一个计划，打算在会议上发表意见，提议把吐酒石和罗谢尔盐摆在一起卖。"

侍者张口说道："男宾住三一四。"接着，服务生把我带到了房间。

次日，我买了一些衣服和一只箱子，开始了我全新的生活。当然，用的是爱德华·平科摩的名字。我不愿再把心思浪费在过去那些死结上。我在这座临海的大城市尽情享受，品尝香醇的美酒。生活在曼哈顿，就要学会享受，如果你不能适应，那就只能被湮没。

一连几天，我们的爱德华·平科摩过着丰富多彩的生活。虽然刚刚降世，却仿佛走进天堂一般，享受着非同一般的自由与快乐。我现在无所顾忌，想去哪儿都可以，不必担心时间，也没有应不应该。我在剧院欣赏音乐，观看令人捧腹的滑稽表演；在花园，与美人起舞缠绵。这一切，都恍如坐在云端，置身美妙的幻境。在音乐餐厅，我边享受美味,边听着匈牙利音乐,与那些放浪形骸的画家和雕塑家狂欢。等到夜晚时分,就又来到灯光闪耀的地方,与那些满身珠宝的人寻欢作乐。

在逛过这些地方之后,我总结出一条经验:自由不是法律规定的,而是你所融入的群体赋予的。你得买票才能进门,而一旦进了这扇门,就等于进了天堂。这条规则无处不在——喧嚣之地,享乐之所,荣华之处。没有人强迫,却不得背反。在曼哈顿生活,就要遵循曼哈顿的规则,顺着它你就是个完全自由的人,如果胆敢违背,那你只会寸步难行。

我偶尔会去那些装饰着棕榈树的餐厅吃饭,因为有的时候,我心里会感到不安。这里的人大都是贵族,他们端庄大方,举止有度。但是,从那里出来后,我会直接奔向泊在海上的船只,然后和那些浓妆艳抹的人去沙滩作乐。我每天都要去百老汇,那里绚丽多姿、变化无方,让人如吸鸦片烟一样着迷。

有一天下午,我回到旅馆,碰到一个大块头。他长着一个大鼻子,留着黑色的八字胡。这人在过道里挡住了我,我本想绕过去,他却热情地和我打起招呼。

"嗨,博尔弗德。你怎么来纽约了?这可奇怪了,你竟然肯离开你的书房了!是自己来办事还是和你妻子一起来的?"

我挣脱他的手,漠然地说:"对不起,先生,你弄错了,我姓平科摩。"

那人让开之后,待在原地。走到前台的时候,我听到他向清洁工要空白的电报单。

"我要退房,"我跟侍者说,"半小时之后请让人把我的行李拿下来。我可不想住在一个有骗子的地方。"

那天下午，我又搬到了位于下五马路的另外一家旅馆。这是一家老式的旅馆，非常安静。

距离百老汇不远的地方，有一家可以在露天就餐的餐厅，餐厅里面有不少热带植物。这里环境优雅，服务也很好，非常适合就餐。

有一天下午，我来到餐厅，打算去放在羊齿植物中间的一张桌子那儿坐，袖子却突然被人拉住了。

只听一个悦耳的声音说道："博尔弗德先生。"

我急忙回过头来，见桌子边单独坐着一个女人，大约30岁。她那动人心魄的眼睛一直望着我，好像我们是十分要好的朋友。

她用嗔怪的语气对我说："从我身边过也不打声招呼，难道真的不认识我了吗？15年没见了，不想跟我握一握手吗？"

我立即跟她握手，在桌子对面坐了下来。见那女人在喝冰橘汁，我冲服务生使了个眼色。服务生走过来，我要了杯酒。我望着她，一看到这女人的那双眼睛，就再也无法顾及她那头金色与红色交映的秀发。但是你仍然清楚，她有如此美丽的头发，就好像你望着黄昏的森林时，同样清楚夕阳也很美丽。

"我们真的认识吗？"我问她。

她笑着说："何谈真不真呢？"

"如果我说，我叫爱德华·平科摩，来自堪萨斯州科纳波里斯，你有何感受呢？"我急切地说。

"我有何感受呢？"她学着我的口吻，她心里一定在笑，从她的眼神就可以看出来。"还用说吗，当然是在想，你怎么不带你的妻子来纽约。我非常想见玛丽安，你带她来就好了。"

她又压低声音跟我说："你没怎么变，艾尔文。"

我能感受到，她一直用那双美丽的眼睛注视着我的眼睛，还在认真打量我的脸。

"啊,我看出来了,"她略带愉悦地轻声说道,"你变了的。你一点儿都没忘,一时一刻都没有忘记。我说过,你一辈子都忘不掉的。"

我有些焦急,盯着酒杯,想从里面找到救命的灵药。

"不好意思,"我被她注视着,浑身觉得不自在,"问题是,我确实忘记了,所有的都忘了。"

她十分愉快地笑着,好像从我脸上找到了谜底,根本不理会我的话。

她说:"你是名律师,在西部很有名的,我时常听人提到你。你家在丹佛还是洛杉矶?玛丽安嫁给你一定感觉很幸福吧。我想,你知道的,或许你在报纸上看到了,你结婚半年之后,我就结婚了,光鲜花就有2 000块。"

那是15年前的事了,很遥远的事情。

"那现在恭喜你会不会太迟呢?"我小心翼翼地问道。

她爽快地回答道:"如果你有胆量的话,还不算迟。"

她这样一说,倒让我说不出话来,只得用拇指指甲在桌布上来回剧蹭。

"有件事,"说着,她的脸朝我伸过来,露出急切的样子,"这些年来我一直想弄清楚,你一定要告诉我。也许,只是女性的心理在作祟罢了。那晚过后,你是不是都没有勇气再去碰那些沾着雨露的白玫瑰了,甚至连闻一下、看一眼都不敢了?"

"你说什么也没用了,我已经什么都想不起来了。"我喝了一小口酒,叹着气答道,"我现在已经没有记忆了,多么可惜啊!"

听我说完后,她眼里又浮现出一丝怀疑,两只手撑在桌子上,眼睛直盯着我,像是要看到我的心里去。她轻轻地笑了一下,但隐藏在笑里的神情,却是那么复杂,有开心、有满足又带着一丝难过。我已经没有勇气再去看她一眼。

"哼,你骗我,艾尔文·博尔弗德。我知道,你是在骗我。"

她的脸上,带有一丝得意。我则一直瞅着那些羊齿植物发呆。

"我的名字,是爱德华·平科摩。"我说道,"我是来参加全国医药行业会议的。我打算提议改变一下吐酒石和罗谢尔盐的摆放位置,你不会对这些事感兴趣的。"

一辆华丽的马车停在了门口,她看到后,站了起来。我拉着她的手,向她鞠了一躬,说:"真的很抱歉,我什么都记不起来了。我知道你不会相信我的解释,这确实难以理解,但是我真的想不起那个……什么玫瑰的事。"

"再会,博尔弗德先生。"她露出一丝微笑,甜甜的又带一点儿苦涩。然后,她上了马车。

这天晚上,我去了剧院。刚回到旅馆,身边就突然出现一个穿黑衣的人。他淡然说道:"平科摩先生,不知能否赏脸一叙?我的房间在这边。"他一边说着,一边还在用一条丝帕磨食指的指甲,看来这是他的嗜好。

"当然可以。"我说。

他带我来到一间小屋内,屋里有两个人,一男一女。女人长得很漂亮,只是满脸的愁苦之色,以我的眼光看来,她的身材、皮肤、容貌,都很完美。她身上还穿着外出时的衣服,两眼直直地注视着我,看上去很焦急,手捂在胸口,浑身不停地发抖。我想她是要向我扑过来,不过那个男人伸手阻止了她。接着,男人走向我这边。他大概有40岁,鬓角的头发已经发白,从相貌可以看出,他是个精明强干的人。

"博尔弗德,"他亲切地说,"我们终于又见面了。我之前就对你提出过忠告,让你别太操劳。现在好了,跟我们回去吧,我们有把握医好你,不用多久你就会复原的。"

我冷笑一声,说道:"总有人叫我'博尔弗德',我都习惯啦,再这样下去我可就烦了。我的名字是爱德华·平科摩,不管你信不信,反正我是没见过你。"

男人还没来得及说什么,那女的就哭了出来,大喊一声"艾尔文",推开男人的手,朝我扑过来,用力地抱住了我。她哭着说:"艾尔文,我是你的妻子啊,你叫我啊,叫我一声。别再伤我的心了好吗?我宁愿死也不愿意看你这样啊。"

我貌似有礼而毫不留情地和她拉开距离,正色道:"抱歉,这位女士,我想你可能认错人了。"这时,我想到了那两样东西,不由得笑道:"只可惜,我不是吐酒石,那位博尔弗德也不是罗谢尔盐,我们不能摆在柜台上分辨。你们如果想明白我说的是什么,可以关注一下全国医药行业会议的进展。"

女人回过身,抓住那男人的胳膊,急切地问道:"威尔尼大夫,他怎么了?你告诉我,他到底怎么了?"

男人把那女的拉到门口,我听他说道:"你先回自己房间等一下,我来和他谈谈。他大脑坏掉了吗?应该不是,我想他只是脑子出了点儿问题。相信我,他会好起来的。你先回房去,让我和他聊一聊。"

女人走出房门,那个穿黑衣的人也跟着出去了,他仍然低着头在磨指甲。我想他应该是在过道里等着。

留下来的那个男人说道:"平科摩先生,再聊一会儿吧。"

我说:"可以啊,想说什么就说吧。不好意思,我有点儿累。"说着,我点了根烟,在靠近床的一张沙发上躺了下来。

他拿了张椅子坐在我旁边，和声说道："开门见山吧，你不姓平科摩。"

我冷冷地说："你我都清楚这件事，可问题是，人总得有名字吧。不是我爱用平科摩这个姓，但一时仓促，也只好用它了。就算叫别的名字不也是一样吗？我觉得平科摩这个姓就挺好的。"

"你叫艾尔文·希·博尔弗德，"他一本正经地说，"你是丹佛的一名优秀律师。你患上了失忆症，忘记了自己是什么人。由于过度劳累你才患上这病的，或许，生活枯燥无味也是原因之一。刚刚出去的那位女士，是你的妻子。"

我思考了一下，说："她很美，我尤其喜欢她那头漂亮的金发。"

"她是位难得的好妻子。"他说，"大约半个月前你不见了，从那时起她就没睡过一个安稳觉。我们收到一封电报，才知道你在这儿。电报是一个从丹佛到纽约来的名叫伊西多·纽曼的人发的，他说你们在一家旅馆碰到了，可是你却说不认识他。"

我说："好像有这么回事，我记得他是叫我'博尔弗德'。那么，请问你贵姓呢？"

"我的名字是罗伯特·威尔尼，你可以叫我威尔尼大夫。我们是20年的老朋友了，光做你的医生就已经15年了。收到电报之后，我马上就和你妻子来找你了。艾尔文，你可要想清楚啊。"

"我想有用吗？"我皱着眉问道，"你才是医生啊。失忆症能不能治？这病得慢慢治还是短时间就能康复？"

"看情况了，有些人要很长时间才能好，并且还不能完全恢复，有些人却是得病快，好得也快。"

我问他："威尔尼大夫，那你肯不肯为我医治呢？"

"老伙计，"他答道，"我会尽我全力，用一切现有的医疗手段治疗你的。"

"非常好！"我说，"从现在开始我就是你的病人了，请你不要泄露秘密——病人的秘密。"

"当然。"

不知谁在屋子中间的桌子上摆了瓶白玫瑰，刚喷过水，有股芬芳的味道。我从沙发上站起身，把它丢出窗外，丢得远远的，又回到沙发上躺了下来。

"亲爱的，还是让我突然恢复的好。"我说，"说实话，我也有些厌烦了。去把玛丽安叫进来吧。不过……唉！"我叹口气，在他腿上踢了一脚，"狡猾的医生，我可是真正地逍遥了一把。"

命运之路

在一个三岔路口，一位诗人可以有三个不同选择，但是他每一次选择最后都导致了相同的结局。

我在条条路上追寻
前方将会怎样。
以真心和坚强，让爱指引方向——
难道它们不愿为我的抗争护佑
伴我主宰、逃避、掌控、塑造
我的命运？

（戴维·米格诺未发表的诗歌）

  曲终。词作者，戴维；曲调充满乡村风味。小酒馆里围着一群人，他们坐在桌旁，由衷地鼓起掌，因为他们的酒钱由这位诗人出了。唯独旁边的公证人巴比努先生没有鼓掌，只是听到歌词时摇了摇头。因为，他是个有学识的人，更重要的是，他没有和那群人一起喝酒。

  戴维从小酒馆里出来，走在村里的小路上，迎着夜晚的微风，酒意渐消。他清楚地记起，今天白天的时候，自己和依凡吵架了，而且自己发誓，今晚就离开家，到外面的广阔天地去寻求荣光与声誉。他在幻想中默念："等到有一天，我的诗篇在世间流传，或许会让她记起，今天所说的那些刺耳之言。"

  村子里的人差不多都睡了，只有小酒馆中还有人在饮酒作乐。戴维悄无声息地回到父亲的农舍，从自己的草棚里取出仅有的几件衣服，扎成捆，挑在肩头，走了出去，踏上威尔努瓦村那条通向外面世界的路。

  走过羊圈，他看到父亲的羊都在里面缩着睡觉——他每天放牧这些羊，由着它们到处跑，自己则在碎纸上写诗。依凡的窗子还有灯光，戴维看在眼里，这临时的决心便有些微的不坚定。她是不是后悔了？也许她是睡不着，或者在生气，等到明天早上她就——可是，不行！他已经下定决心了。他不属于这里，整个威尔努瓦没有一个人理解他。只有脚下这条通往外面世界的大道，才是他唯一的出路。

大道在黝黯的大地上往前伸展着，有3英里之远，月光照耀下，直得像农夫耕出的沟壑。人们都说，这条路是通向巴黎的。巴黎啊，这是多少诗人时常默念的字眼儿。戴维从出生就没到过这么远的地方。

左岔口

走过3英里，便是一个岔路口，如谜题般摆在眼前。一条更加宽阔的路与脚下的路成90度相交。戴维在岔路口徘徊，过一会儿，他选择了左边的大路。

清晰的车轮印延伸在这条宽阔的大路上，说明刚刚有比较大的车辆经过。走了一个半小时左右，戴维看到一辆大马车，陷在山壁下的泥淖里，尽管车夫和骑手们用力拽着马匹，使出全力吆喝，马车还是纹丝不动。在路旁站着两个人，一个体型较大、一身黑衣的男人和一个身体瘦弱、裹着披风的女子。

戴维看出来了，这些下人都不懂得怎么把马车弄出来，在这儿空费力气。他立马走上前去，告诉他们该如何做。戴维嘱咐侍从们停止喝骂牲口，留着力气推车轮；让车夫用赶马的口令吆喝；他自己则跑到马车后面，用坚实的臂膀顶住车尾。在大家的齐心协力下，这辆大马车终于又轧上了坚实的地面。

下人们都回到座位上。戴维斜着身子看了一会儿。那个体型偏大的男人对他摆手道:"上车。"他的声音和戴维一样沉闷,不过他的语气和身上显示出的教养,让这句话稍微好听了点儿。这样的声音总是让人觉得不可抗拒。戴维只迟疑了一小会儿,便传来了第二道命令,让他不由自主地走进车厢。车厢里很暗,他觉到女子是在后座,就想坐在她对面。这时,那个声音又命令道:"坐她旁边。"那个大块头自己坐在了前座。

马车往山上行驶着。那女子坐在角落里,不出声音。戴维看不出她到底有多大年纪,但是闻到她衣服上似有似无的香味,诗人便自然地认定,披风下面是一张美丽的面孔。这可是他梦想中的奇遇啊。但是这两个神秘的人就一直这么坐着,一句话也不说,戴维根本弄不清状况。

过了一个小时,透过车窗,戴维看出马车是在一个小城镇的街上行驶。马车停在一座大房子前面,大门关着。一名侍从下了马车,大声地敲着门。楼上突然敞开一扇窗子,里面伸出一个头来,上面还戴着睡帽。

"谁啊?这么晚了还来敲门。我们锁门了。这么晚还找不到住处,肯定不是什么有钱人。好了,不要敲了,去别处吧。"

侍从着急地嚷道:"开门!是德比佩特斯侯爵大人!把门打开!"

"啊!侯爵大人,来了来了,您恕罪。"楼上那个声音大叫道,"我不知道是您,侯爵大人……大晚上的,我们这就开门,屋子里的人任您差遣。"

门里面的链子和门闩哗啦啦一阵响,大门开了。银杯旅店的老板立在门口,手里举着蜡烛,衣服很凌乱,浑身打战,不知是冻得还是因为害怕。

戴维跟在侯爵后面出了车厢，听到侯爵说："扶好你后面的女士。"戴维扶着女子下车，感觉到她的手在发抖。侯爵又开口道："进去。"

屋子很长，是旅馆里的餐厅，屋里的橡木桌子几乎和房间一样长。大块头男人在近旁的桌边坐下，那个女子选择了一张靠墙的椅子，她显得很疲倦。戴维站在一边，正在思考如何跟他们道别，然后重回自己的行程。

"侯爵大人，如……如果早知……知道您来的话，我一定把所有东西都准备好的。这——这儿现在有红酒和冻鸡肉，或……或……或许……"店主一边说着，一边给侯爵打躬作揖，头都快碰到地上了。

"灯！"侯爵说着，伸出来一只白胖的手，张开五指。

"好……好的，侯爵大人！"店主弄来了六根蜡烛，点燃后放在桌子上。

"有一桶勃艮第红酒，如果侯爵大人愿意的话，可以尝一尝。"

"灯！"侯爵又说道，张着五根手指。

"是，马上来，我这就去拿，侯爵大人。"

店主又拿来一打蜡烛点着，整个餐厅都亮了起来。侯爵那巨大的身体快要把椅子撑烂了。他全身覆盖着黑色，一身华贵的衣服，还有剑鞘和剑柄，都是黑色的，只有袖口和领子的褶边是白色的。他满脸的傲慢之色，胡子翘得差点儿碰到了眼睛。

女子静静地坐在那儿，不动一下。这回戴维看清楚了，她年纪不大，样子很可爱。戴维想到，她这么可爱，怎么会被冷落呢？正在愣神之际，侯爵的声音吓醒了他。

"你叫什么名字？做什么工作？"

"戴维·米格诺，诗人。"

侯爵的胡子往上翘了翘，差点儿碰到眼角。

"你怎么养活自己呢？"

"我为父亲放牧，负责管理他的那群羊。"

戴维扬着头，脸上却有些发红。

"听着，牧羊人和诗人先生，你今天晚上走运了。这位女士名叫露西·德瓦兰纳，是我的侄女。她是名贵族，每年有一万法郎俸禄。她长得漂不漂亮，我想你也看到了。如果牧羊人先生对这些感到满意，随时可以娶她为妻，只要一句话的事。不要打断我。今天晚上，我本来是带她到考特·德维莱姆庄园的，要把她嫁给那位与她定了亲的新郎。客人们都到了，神父也已经准备好了，她很快就能和一个门当户对的人结为连理。但是，就在神坛跟前，这位温良的女士，却突然像只雌豹一般疯狂，指斥我的残酷和罪行，当着目瞪口呆的神父的面，撕毁了我为她订立的婚事。当时，在众人面前，我以无数恶魔的名义立誓，离开庄园之后，我要让她和我们第一个遇到的男人结婚，不管他是王子、烧炭人还是小偷。牧羊人，你就是第一个。今天晚上，她一定要完婚，你不答应的话，那就找下一个。你做决定吧，给你10分钟时间。不要问这问那净说废话，只有10分钟。牧羊人，时间可是过得很快的。"

侯爵那发白的手指重重砸在桌子上，发出擂鼓般的声响。他静静等着，一句话也不说。他给戴维的感觉，就像一栋门窗紧闭的房子，不允许任何人进入。戴维本来还想说些什么，可是看到这具身躯，到嘴边的话又咽了回去。

他走向那名女子，站在椅子旁边，深深地鞠了一躬，说道："小姐，您都听见了。"戴维说着，连自己也感到惊讶，在这么漂亮的女士面前竟然还能如此流利地说话。"我只是个牧羊人，有些时候，我也会自称是诗人。假如衡量一个诗人的标准是倾慕和爱惜美的话，我会更加坚定我的信心。小姐，请问有什么可以为您效劳的吗？"

年轻的小姐盯着他，眼中虽然没有泪水，却充满哀怨。戴维的神情因勇敢而庄重，脸上满是率真与热情。他的身躯强壮有力，蓝色的眼睛里注满怜悯。女子把这一切看在眼里，加上长久以来，她对关爱和仁慈的渴望，泪水止不住地流了下来。

她轻声说道："先生，您真的很善良。他是我叔叔，我父亲的弟弟，我现在只有他一个亲戚。他爱上了我的母亲，只因我和我母亲长得很像，他便开始讨厌我、怨恨我，让我的生活变得十分可怕。我惧怕看到他的脸。从前，我对他言听计从，不敢稍有违背，可是今天，他却要把我嫁给一个年龄比我大两倍的男人。对不起，先生，给您带来了麻烦。您可以毫不客气地拒绝他的无理要求。但是，请允许我对您的慷慨之词表达谢意，这些年来，从没有人对我说过这样的话。"

此时，诗人的眼里已不再只是慷慨，他确定自己是位诗人了。他已经忘掉了依凡，他的心，已牢牢系在了眼前这个动人、可爱的女子身上，因她身上淡淡的香味而微微荡漾。他温情的目光罩住了她，她也因渴求而甘愿融入这片温暖。

"10分钟而已，"戴维说道，"我却达成了本应耗费数年之功才能实现的愿望。这不能说是我可怜你，那并不是我的真实想法，我只能说，我爱你。我不会奢求你立即爱上我，但是现在，我要带你挣脱这个残暴之人的束缚。也许以后你会慢慢爱上我的，我不会一直是个牧羊人，我会有光明的未来的。现在，我只愿我的爱，能给你的生活带来一丝光明。小姐，请问你愿意嫁给我吗？"

"您是要舍弃您自己来可怜我吗？"

"不是可怜，这是爱。小姐，时间马上就要到了。"

"您一定会后悔的,将来您会嫌弃我的。"

"我愿倾尽所有来换你幸福,也愿尽我所能来与你相配。"

女子慢慢把手伸出披风,轻轻放在诗人的手心,柔声说道:"我愿把此生交予您保管,爱,不会如您所说那么远的。我要让他知道,一旦从噩梦中醒来,我会把所有都忘掉。"

戴维走到侯爵跟前。那团黑色稍稍挪动了一下,瞥向厅里大钟的眼睛里满是讥讽之色。

"还少用了两分钟。娶这么一个富有而美丽的女子,你这个牧羊人竟然还要用8分钟的时间来考虑。怎么样,牧羊人,愿意和她结婚了吗?"

戴维挺直腰杆,说道:"这位女士已经答应嫁给我了,她同意做我的妻子。"

侯爵说道:"哈哈,说得好,你倒是牙尖嘴利啊,牧羊人。不过,这位小姐毕竟已陷入糟糕的境地。好了,让神父和那些恶魔都抓紧时间吧。"

他拿着剑柄狠敲了几下桌子,那店主以为这位大爷又冒出哪个奇怪的想法,便双腿发抖,赶忙又抱来一些蜡烛。

侯爵说道:"去叫个神父来。神父,知道了吗?10分钟之内就给我叫来,不然……"

店主把蜡烛一扔,转身跑了出去。

神父衣服还没整理,耷拉着眼皮就来了。在宣布戴维·米格诺和露西·德瓦兰娜成为夫妻之后,神父收起侯爵扔过来的一袋子金币,迷迷瞪瞪地走了。

"酒。"侯爵下令道,向店主张开了凶神恶煞般的手指。

店主拿来酒,他又命令道:"倒满。"

灯火通明中，侯爵在桌边站起，犹如夜幕中的青山，高傲而又狠毒。他的眼光射向侄女，里面都是当初的爱情化为毒药的记忆。

"米格诺先生，"侯爵说着，端起了酒杯，"请听我的贺词：此人成为你的妻子，她将使你的生活变得污浊而凄惨，她的血液里流淌着漆黑的谎言和鲜红的诅咒，她会给你带来羞耻与不安，魔鬼将附着在她的眼睛里、皮肤上、嘴角边，连农夫都会受她的欺骗。诗人阁下，这将是你承诺的美好生活。请喝酒。小姐，我终于摆脱你了。"

侯爵张口喝掉了酒。轻轻的悲泣声从女子嘴里发出，像是因为突然而来的创伤。戴维端起酒杯，盯着侯爵，向前三步。他此时的气势哪里还能看出是个牧羊人。

他语气平缓地说道："刚刚被你称作'先生'，我感到很荣幸。我想，我们的婚姻能否让我与你之间的距离减小一些——也就是说，在级别上——是否能让我和阁下站在几乎平等的高度，来处置一件小小的私事？"

"如你所愿吧，牧羊人。"侯爵冷笑道。

"那好，或许你会赏脸和我进行决斗。"戴维把酒杯伸到那双充满讥讽与蔑视的眼睛之前。

侯爵愤怒了，诅咒声如喇叭的轰鸣。他拔出剑，对已经慌了神的店主嚷道："给这个傻瓜拿把剑！"然后，他转头对那女子冷笑道："女士，你又给我找到活儿干了。我想我要在一个晚上的时间里给你找到丈夫然后再让你成为寡妇。"

"我不会使剑。"戴维当着妻子的面说这话的时候，满脸通红。

"我不会使剑。"侯爵学着他的语气，嘲讽地道，"我们总不能像农民那样拿根木棍开打吧。这样吧，把我的枪拿来，弗兰瑟万。"

一名骑手从枪套里拿出来两把手枪，上面镶着闪光的银饰。侯爵

命运之路

丢了一把在戴维旁边的桌子上,说道:"去桌子那一边,牧羊人,应该知道怎么开枪吧。能死在德比佩特斯的枪下,是你的荣幸。"

侯爵和戴维站到了桌子两边。

店主怕得直发抖,连喘气都有些费力,牙齿打着战说:"大……大……大人,别在这儿决斗好吗?看在基督的面子上!不要让我的房子沾上血啊,这会破坏我这儿的风水的……"

侯爵用威胁的目光盯着他,使得他不敢再说话。侯爵说道:"胆小鬼,不要再抖了,留着你的嘴给我们喊口号吧。"

店主两腿一软,跪倒在地上,嘴里蹦不出一个字,连声都出不了。他不停地做着手势,看上去像是在祷告,盼着不要玷污他的房子和风水。

"我给你们喊口号。"女子冷静地说。

看上去,她的眼里焕发出光彩,脸上也有了红晕。她来到戴维旁边,深深地吻了他一下。然后退回到墙边。两名男子都举起了枪,等着她发号施令。

"一……二……三!"

两把枪几乎同时响起,蜡烛也好像只被吹了一下。侯爵面带微笑,站在原地,松开左手的手指,把手搁在桌子边上。戴维同样站着,十分缓慢地转动着头,眼睛在搜寻他的妻子。紧接着,如同衣服从架子上跌落,委顿在地。

成为寡妇的少女哭喊着跑过去,声音里充满恐怖和绝望。她俯身查看伤口,然后抬起头,脸上又爬满悲伤和苍白。

"心脏被子弹穿透了,"她自言自语,"不,他的心脏啊!"

"走了,"隆隆的声音又从侯爵嘴里发出,"到马车上去。今天晚上我一定要把你丢出去,你还得结婚,得找个活人丈夫。不管是抢劫的还是种地的,就是下一个了。如果这一路都碰不到一个人,那就和给我开门的那个莽汉结婚。上车!"

一队人又走向了马车——霸道的侯爵,拽着披风的女子,带着手枪的骑手。马车咚咚地离开了,声音还回响在睡梦中的村子。24根蜡烛闪着微光,照在银杯旅店的餐厅,惊魂未定的店主看着诗人的尸体,手指拧在一起。

右岔口

走过3英里,便是一个岔路口,如谜题般摆在眼前。一条更加宽阔的路与脚下的路成90度相交。戴维在岔路口徘徊,过一会儿,他选择了右边的大路。

他不清楚这条路的终点是在哪里,但是,他已在那个晚上决定,舍弃威尔努瓦村。过了1英里,他见到一处庄园,可以看出这里不久前来过客人。庄园里所有的窗子都亮着,门口的大路上,印满了窗格子似的车轮痕迹,很明显,很多宾客刚来过这里。

又过了3英里,戴维感觉到有些疲倦,靠在路边的松枝上眯了一会儿。醒来后,又踏上这条谜一样的路。

这一路上,戴维时常以地为床,享受自然的香味,或者睡在农民家的草堆上,遇到热情的主人会分到一些黑面包,有时喝些河水,偶尔碰到好心的牧羊人与他分享一杯饮料。如此走来,戴维在这条宽阔的大路上度过了5天。

最终,他越过一座大桥,到达了这座充满热情的城市。在这里倒下或站起的诗人,多过世界其他任何地方。城市里纷繁的脚步和交叉的轮毂之声,奏响了巴黎迎接这位诗人的咏叹调。听到这些,戴维的喘息声跟着快了起来。

戴维租了一间房，在堪帝大街一座老屋子的最高层。付过租金之后，戴维开始坐在一把木椅上写诗歌。

这条街以前是显贵云集的地方，现在已经逐渐衰落了，住进来各种各样的人。这条街里的房子都比较高，虽有颓色但仍能显出气势。只是大部分房子都空着，里面都是尘土和蜘蛛。到了晚上，街中的小酒馆里便不断传出酒杯的碰撞声和人们的呐喊声。本来是那些高雅人士居住的幽静之地，现在却成了粗鄙之人的流欲之所。但是，这样的地方正好满足了戴维那几个不经花的子儿。不管白天晚上，戴维手中的笔一直在纸上画来画去。

这天下午，戴维到楼下买吃的，回来时手里拿着面包、凝乳和一瓶劣质酒。他爬上有些暗的楼梯，刚上到一半，就遇到——应该说碰到，一名年轻漂亮的女子，在楼梯上坐着。她的美丽，连诗人都难以用言语来形容。她身着一领宽大的披风，可以看到里面是一条美丽的长裙。她的眼神随着脑海里的思想在不断变换着：有时睁圆双眼，如一个天真烂漫的小孩；有时又眯成一条缝，如一个狡黠的吉卜赛女郎。她用手提起长裙，露出了下面一只小小的高跟鞋，鞋带没有系好。她高洁而又妩媚，怎能弯腰去系鞋带呢，必得有人乐于侍奉啊。没准，她已经看到了正在上楼的戴维了，在等待他伸出援手。

呃，不知先生能否不怪罪她挡住了楼梯呢？都怪这只鞋——淘气的鞋子！唉，为什么会松了呢？呃，先生可有心……？

诗人将松开的鞋带绑在了一起，双手不停地发抖。他本来可以一走了之，免遭因她而来的祸患，但她眯起了双眼，如狡黠的吉卜赛女郎般定住了他的身。他拎着那瓶劣质酒，倚在了楼梯的扶手上。

女子微笑着说："先生真是个好心人，您住在这座楼里吗？"

"是的，女士。是……是这样的，女士。"

"是不是住在三楼？"

"不是的，我住在高层。"

女子摇着手指，丝毫没有离开的意思。"抱歉，我似乎不该这么问，请您原谅。就这么问您住在哪里，有些冒失了。"

"不用这么说，女士，我就住在……"

"别，别，别，您别跟我说，我知道我说话欠考虑了。这里以前是我家，我不由得就想要了解这屋子里的一切。我经常到这儿来，想念以前的愉快生活。您愿意接受这成为我唐突的理由吗？"

"不必说出你的理由，我愿意奉告。我就住在顶楼，在楼梯拐弯处的小屋子里。"诗人变得有些结巴了。

女子歪着头问道："是前边的那间吗？"

"不，是后边那间，女士。"

女子如释重负般叹了口气。"先生，不再打扰您了。"说着，她又睁大了双眼，像个天真烂漫的孩子。

"请您照看好我的房子好吗？唉，我对这所房子只剩下回忆了。再见，谢谢您的好心。"

那女子走了，剩下的是甜甜的微笑和淡淡的香味。戴维爬上楼，如做梦一般。当他醒来的时候，那笑容和味道依旧盘旋在他身边，好像从未远去。想到这名陌生女子，他笔走龙蛇，写下了咏眸之章、倾慕恋曲、鬈发颂歌和纤足踏屐十四行诗。

他确定自己是位诗人了。他已经忘掉了依凡，他的心，已牢牢系在了这个动人、可爱的女子身上，因她身上淡淡的香味而微微荡漾。

在某一天的晚上，在这栋楼房三楼的一间屋子里，三个人围坐在桌边。房间里只有三把椅子、一张桌子和一支燃烧着的蜡烛。三个人之中，有一个人体型偏大，全身罩着黑色衣服，脸上满是轻慢的神色，胡子翘得差点儿碰到了眼睛。还有一名女子，年轻漂亮，那双眼睛睁圆的时候，便如一个天真烂漫的孩子，眯成一条缝的时候又狡黠得像个吉卜赛女郎。但是，和所有阴谋者一样，现在这是一双充满着雄心火焰的眼睛。最后是一名执行任务的人，勇敢而急躁的行动者，一名燃烧的钢甲战士。那两个人叫他德鲁拉上尉。

上尉一拳擂在桌子上，粗暴但又有条理地说："就在今天晚上。我已经厌烦那些复杂麻烦的计划，密钥、暗号、私会之类的东西早就让我失去耐心了。要叛乱就勇敢地做。假如法兰西需要的话，我们就干脆光明正大地杀掉他，不用再设计什么陷阱了。我说话算话，就在今天晚上，我自己干掉他。"

那女子看了他一眼，眼神里充满炽热。再怎么热衷于谋划的女人，也会为勇往直前的气势而倾倒。

大块头的男人理了理翘起来的胡子，说道："上尉，这次我赞成你的行动，再等下去也不会有什么好办法。皇宫里面已经有很多效忠于我们的士兵，可以确保这次计划的执行。"男人的声音很沉闷，只因他那很有素养的说话方式，才让人觉得不怎么难听。

德鲁拉上尉的拳头又擂在桌子上，第二次说道："就是今天晚上，我说话算话，我会亲自执行，侯爵。"

大块头的侯爵柔和地说道："不过，现在还有一个问题要解决。我们要把消息告诉我们皇宫里的人，定下暗号。和国王马车一起出行的，一定要是我们里面最勇敢的战士。但是，现在谁能一直到达南宫门去送信呢？雷布就在那里值守呢，只要他收到了消息，就可以把一切都准备好。"

"我去送信。"那名女子说道。

"你去？"侯爵疑声道，眉毛向上挑了挑，"子爵夫人，我理解，您这种牺牲精神值得赞赏，不过……"

"你们听我说，"那名女子站起来，双手按在桌子上，"在这栋楼的顶层有一个外地来的青年，天真得就像他放牧的那群羊。在楼梯上我碰到过他几次。因为怕他住的地方离这儿太近，我问过他在哪个房间。他整天在房间里写诗，我想他是对我有想法。只要我愿意的话，他一定会听凭我的摆弄。他会顺从我的意思的。我要让他把消息带到皇宫。"

侯爵站了起来，向女子鞠躬道："子爵夫人，我的话还没说完。您这种牺牲精神值得赞赏，不过您的智慧和美丽更加让人钦佩。"

几人谋划之时，戴维正在琢磨那几行送给楼梯上的情人的诗。听到有人在轻轻敲门，戴维打开门，看到是那名女子，心里突地跳了一下。女子呼吸急促，像是遇到了麻烦。她的眼睛圆圆的，如孩子般天真烂漫。

"先生，"女子喘息道，"我来找你，是因为我遇到了麻烦。我知道您是位真正的好人。我现在找不到别人帮忙了，我好不容易才通过路上那些摇摇晃晃的醉汉。先生，我母亲快要死了。我舅舅是皇宫里国王护卫的队长，必须有人赶快跑去叫他来。所以我想……"

"小姐，"戴维打断她，双眼中闪烁着渴求的光芒，渴望为这女子赴汤蹈火，"你的意愿就是我的动力。请告诉我如何才能找到他。"

女子塞到他手里一封信，信口已经封好。

"去南宫门——南宫门，记着——跟在那儿守着的卫兵说：'猎隼已离巢。'他们就能让你过去了。到了皇宫南面的入口以后，再说一遍这句话。如果有人回答你'顺势出击'，就把信交给他。这是暗号，先生，是我舅舅告诉我的。现在国家很乱，很多人想要刺杀国王，如果不知道暗号的话，入夜之后谁也别想进入皇宫。先生，如果您乐意的话，麻烦您把这封信送到我舅舅那儿，这样我母亲就能在临终时见上他一面了。"

"给我吧，"戴维恳切地说道，"但是，天已经这么晚了，我怎么能让你一个人穿街过巷呢？我……"

"不用，不用——赶快去！现在时间紧迫。总之，"女子又把眼睛眯成一条缝，像一个狡黠的吉卜赛女郎，"我会报答您的好意的。"

诗人把信放到衣服前面的胸袋里，跑下了楼。在他离开之后，女子便回到楼下自己房间。

侯爵眉间露出询问的神色。

"他已经送去了，就像他自己那群羊中跑得最快而最笨的一只。"女子说道。

德鲁拉上尉一拳砸下，桌子又震了一下。

"妈的！"上尉嚷道，"我忘带手枪了。让别人动手我怎么能放心呢？"

"用这个吧，"说着，侯爵从披风下拿出一把大手枪，上面镶着闪光的银饰。"是没有人比你更靠得住了。不过你可得保管好它，这把枪上面有我的徽章和纹饰，我早就被盯上了。今天晚上，我一定要到离巴黎很远的地方去，然后明天我要回到我的庄园里。您先请，敬爱的子爵夫人。"

侯爵吹熄了蜡烛。女子裹紧披风，和两名绅士一起下楼，在堪帝大街那不宽的人行道上，融进了人群。

戴维疾步向前走着。到了皇宫南门，一支戟顶在他的胸口，听到他说"猎隼已离巢"，那支戟就放行了。

"过去，兄弟，"那名卫兵说，"赶快。"

在皇宫南面入口的台阶上，卫兵们想要把他抓起来，但是听到这句话他们又住手了。他们当中走出一个人来，说道："顺势出……"好像出了什么情况，卫兵们突然骚动起来。一个人双眼闪着锐利的光芒、迈着军步走了过来，他排众走上前来，夺过了戴维手里的信。"跟我过来。"说完，他把戴维带到了宫里的一座大厅内。他撕开信，读了一遍，叫过一名从这路过的穿着制服的火枪手军官。"泰勒上尉，把皇宫南门和南宫入口的卫兵都抓起来，看好了。把可靠的人换到这些地方。"然后又跟戴维说道："你跟我来。"

经过一条长廊和一座大厅之后，他把戴维带到了一个大房间里。房里有一个人面有忧郁之色，穿得很干净，坐在一张大的皮椅里思考着什么。他对那人说道："陛下，我早就说过，皇宫里面有很多反贼和叛徒，和下水道的老鼠一样多。您还老说我胡思乱想。现在这个人在他们的阴谋之下渗透到了皇宫的入口。他身上带着一封信，被我拦下了。我现在把他带到陛下面前，或许您就不会再认为我是瞎想了。"

"我问问他，"国王在椅子上说道，稍稍动了一下。他费力地睁着眼睛看向戴维，眼中好似蒙上了一层薄膜，让人看不透。戴维单膝跪了下去。

"你是从哪儿来的？"国王问道。

"埃尔·鲁维埃省的威尔努瓦村，陛下。"

"在巴黎做什么？"

"我……我将会是一名诗人，陛下。"

"那你在威尔努瓦村做的什么？"

"我为我父亲放牧羊群。"

国王又动了一下，眼里的那层薄膜不见了。

"啊，是在原野上。"

"是的,陛下。"

"你在原野中生活;清爽的早上,你离开家,在树篱边的草地上躺下。羊群在山坡上自由吃草,你喝着小溪的清水,坐在树荫下面,吃着美味的黑面包。你还听着树林里画眉的叫声,对吗,牧羊人?"

"对的,陛下。"戴维叹息着答道,"还能听到花丛当中蜜蜂的声音,有时还能听到山上收获葡萄的人在唱歌。"

"是的,是的,"国王迫切地说道,"或许能听到他们唱歌,不过一定会有画眉的歌声。它们一直在丛林中欢唱,对吗?"

"除了埃尔·鲁维埃的画眉,再没有哪儿的鸟能有这么动人的歌声了。我曾经在我的诗里描写过它们的歌声。"

"可以朗诵几句诗吗?"国王急切地说道,"很早的时候我也听到过画眉的歌声。如果现在能把画眉之声用诗歌描绘出来,那不是比拥有整个王国更加美妙吗?你在傍晚时分赶羊回圈,而后在品尝面包的时候享受安宁,你可以再念诵一下这些诗吗,牧羊人?"

"陛下,请听,"戴维洋溢着动人的热情,诵道:

懒懒的牧羊人,看,你的小羊们

在草地上,欢欣、跳跃

看微风中舞蹈的枞树

听帕恩吹奏他的芦管

听我们在树顶之上鸣唱

看我们在羊群头顶盘绕

用羊毛为我们筑个暖巢

在树枝……

"陛下，请原谅我的打扰。"一个有些沙哑的声音说道，"我想问这'诗人'一两个问题。情况紧急，我是为陛下的安全考虑。如果冒犯了陛下，还请您原谅。"

"德马奥公爵一直很忠心，并无冒犯。"国王说完，又坐回椅子里，眼睛蒙上那层薄膜。

公爵说道："我先把他带来的信念一下：

"'今天晚上是王子的忌日。假如他像往常那样去做午夜弥撒，为儿子的灵魂祈祷，猎隼就会出动，就在艾瑟伯鲁耐德大街拐弯的地方。如果他确实去的话，就在西南角楼顶的屋子里点一盏红灯，猎隼会明白的。'"

"农民，"公爵厉声说道，"信里写的什么，你都听到了。这封信是谁给你的？"

"公爵阁下，"戴维诚恳地道，"我来告诉你。信是一位女士给我的。她对我说她的母亲病重，她的舅舅见到信后会赶到她母亲身边的。我不明白信里说的什么，但是我发誓，这位女士漂亮而且心地善良。"

"说说她长什么样子？你又是怎么被她欺骗的？"公爵命令他。

戴维很温柔地笑了，说道："要我说她长什么样子？那就要创造出语言上的奇迹了。她身兼明媚的阳光与幽深的黑影，身材如赤杨般婀娜，举手投足，如赤杨般优雅。你看，她的眼睛是变幻的：时而圆睁，时而半眯，就像太阳在两团云后面偷望。她来之时，天堂随她而来；她去之时，留下迷蒙与山楂花香。在堪帝大街的二十九号楼，她遇到了我。"

"就是这栋房子，"说着，公爵面向国王，"我们一直在观察着。还好诗人的舌头够流利，如画般为我们描述了声名狼藉的坎布多子爵夫人。"

"陛下,公爵阁下,"戴维诚挚地说道,"希望我这拙劣的言辞没有歪曲她的形象。我认真地看过她的眼睛,我愿用生命保证,她是个天使,不论是否有这封信。"

公爵从容地看着他,慢慢说道:"我会让你证明的。我要你打扮成国王的样子,坐他的马车去做午夜弥撒。你愿意如此证明吗?"

戴维笑着说:"我认真看过她的眼睛,我已经验证过了。我会向您证明的。"

差半小时到12点的时候,在皇宫西南角的窗口,德马奥公爵亲自点亮了一盏红灯。离12点还有10分钟,戴维打扮成了国王的样子,用斗篷罩着头。德马奥公爵扶着他,从皇宫一步一步朝等候中的马车走去。公爵扶他进了车厢,关上车门。国王的马车向着教堂的方向飞奔而去。

泰勒上尉带着20个人,隐藏在艾瑟伯鲁耐德大街拐角的一栋房子里,谋反之人一旦出现,他们便会冲上去。

不知道什么原因,谋反者改变了计划。国王的马车刚刚到达克里斯托弗大街,距离艾瑟伯鲁耐德大街还有一个街区,德鲁拉上尉便冲了出来,向马车卫队发动攻击。在他身后是一群一心要杀掉国王的人。虽然车上的卫兵对于他们过早的袭击没有思想准备,但还是下了马车勇敢地进行反击。交火的声音惊动了泰勒上尉,他带人顺着街道赶过来支援。这个时候,德鲁拉上尉已经不顾一切地撞开了车门,用手枪顶着里面黑色的人影,扣动了扳机。

国王忠实的卫队赶到了,满大街都是呼喝声和兵器碰撞的声音。此时,受到惊吓的马儿已经拉着车跑得很远了,假国王兼诗人的尸体躺在车里,身体里还留着那颗致命的子弹,是从德比佩特斯侯爵大人的枪里射出来的。

主干道

走过3英里，便是一个岔路口，如谜题般摆在眼前。一条更加宽阔的路与脚下的路成90度相交。戴维在岔路口徘徊，过一会儿，他在路边坐了下来。

他不知道这些路的终点是哪里，似乎每条路的尽头都是一个机会与危险并存的广阔天地。他在路边坐着，眼睛里映现出一颗闪亮的星星，这是他和依凡选择的幸运星。他开始有点儿想念依凡了。自己的决定是否太过草率了呢？因为吵了几句嘴就离开依凡，离开家？难道只凭猜忌便能将爱情打破吗？那只是用来证明爱情的啊，爱情真的如此不堪一击？夫妻没有隔夜的仇。现在回家还不算晚，威尔努瓦村的人们还在沉睡，不会有人知道的。他的心是依凡的，在这个他长大的地方，他总会写出诗句并找到欢乐。

戴维站了起来，拂去焦躁的心情，转过头，迈着坚定的步伐向来路走去。他那到外面闯荡的想法，在回到威尔努瓦村之后，就已经完全消失不见了。路过羊圈的时候，群羊被他晚归的脚步声惊醒，一阵乱响。听到这朴实的声音，他的心感到一丝温暖。戴维又悄无声息地回到了自己的屋子，躺了下来。没有让这双脚在新的旅途上受苦，他感到很欣慰。

他太了解这女子的心了。第二天傍晚，依凡等在路边的水井旁，年轻人经常聚在这儿，那家伙说不定也会来的。虽然她的嘴紧闭，好像下定决心似的，但是眼睛还是在人群里搜寻着戴维的身影。戴维看到了她的眼神，便鼓起勇气来到她面前，说得她不再计较，并且回家的路上还吻了戴维一下。

三个月后,他们结婚了。戴维的父亲既精明又很富裕。他为戴维两人办的婚礼十分隆重,三英里以外的人们都听说了。小两口在村子里是比较讨人喜欢的。他们在街上举行了婚礼游行,在草地上办了个舞会,并且请来了德鲁的木偶剧团和一个杂技演员,好让客人们高兴一下。

过了一年,戴维的父亲去世了,羊群和农舍都归了戴维。戴维已经拥有了村子里最贤惠的妻子。依凡的牛奶桶和铜水壶在阳光下发着光,会闪到你的眼睛。再看看她的院子,小花园精致而漂亮,会让你眼前一亮。也许你听到她唱歌了,歌声蔓延到格鲁诺大叔铁匠铺顶的栗子树上。

不过,有一天,戴维又从尘封的抽屉里拿出纸,开始写诗了。春天到了,戴维的心开始悸动。他确定自己是位诗人了。他已经忘掉了依凡,他的心,已经牢牢系在了这片新奇而动人的大地之上,因树林和草地的芳香而微微荡漾。戴维平时都是白天放羊,晚上把羊安全地赶回羊圈。但是他现在只顾在树篱下面躺着,在纸片上拼凑诗句,由着小羊们到处跑。饿狼觉得诗句难出而羊肉易得,便大胆地走出树丛,不断偷走小羊。

戴维的诗写得越来越多,而羊群里的羊却越来越少了。依凡的脾气越来越大,说话也变得不客气。她的盘子和水壶变得不再明亮,而眼睛里总是喷出愤怒的火焰。她指责诗人不务正业,使得羊越来越少,家里也跟着倒霉。戴维雇了一个小男孩替他放羊,他自己则躲在房顶的小屋子里,不断地写诗。小男孩本来就是个当诗人的料,只不过没能力将诗写在纸片上罢了,打瞌睡便成了他每天的工作。饿狼不失时机地察觉到,写诗和睡觉其实是一样的,起码结果都一样:羊的数量不断减少。依凡的脾气也不断变大，时常站在院子里朝着戴维的窗子大骂，骂声蔓延到格鲁诺大叔铁匠铺顶的栗子树上。

公证人巴比努先生是个善良、聪明、喜欢瞎管事的老人，只要他的鼻子嗅得到的地方，没有事情能瞒得过他，当然也包括戴维家的事。他找到戴维，吸了一大口鼻烟，打起精神，说道：

"米格诺，伙计，你父亲的结婚证书上有我盖的章，我不想再在他儿子的破产声明上盖章，那样的话我会很难过的。但是你恐怕不得不面对了。作为一个老朋友，我想你听一下我的建议。看得出来，你是醉心于写诗了。我在德鲁有一个朋友，他叫乔治·布朗。在他的房子里，除了睡觉的地方就都是书了。他很有学识，每年都要去巴黎，自己还写过书。他知道地底下的墓穴是哪个时代建立的，星星的名字是根据什么起的，为什么千鸟的嘴很长。他对诗歌的意思和格式就如同你对羊的叫声那样明了。我可以写一封信，由你带给他，然后你顺便把你的诗带给他看一下。接下来你就清楚是该继续写诗，还是尽心照顾妻子和生活了。"

"赶快写信吧，您怎么不早说。"戴维说道。

第二天早上，太阳出山的时候，戴维已经踏上了前往德鲁的道路，还有一卷他那珍贵的诗歌夹在胳膊下面。中午的时候，他到了布朗先生的门前，擦干净鞋子上的土。这位博学之士拆掉巴比努先生信上的封纸，戴着发光的眼镜，像太阳吸收水分那样，读取了信的内容。他把戴维带到书房，让戴维坐到了一堆书中间的座位上，看着就像大海中的一座孤岛。

布朗先生很和善，尽管有一根指头那么厚的诗稿已经卷得难以展平了，他却连眉毛都不皱一下。他在膝盖上把诗稿摊开，开始细致地阅读，不放过一个细节。像虫子钻进坚果寻找果仁一样，他也钻进了诗稿里。

此刻，戴维无助地坐在孤岛上，惊心于书海里的浪花，耳中只听到海浪在呼啸，手里没有海图和指南针来指引方向。他在琢磨，是不是世界上有一半的人都在写书。

布朗先生看完诗稿最后一页，取下了眼镜，用手帕擦拭。

"我的老友，巴比努身体如何？"

"他身体很好。"戴维回答道。

"你现在有多少只羊，米格诺先生？"

"昨天刚数的是309只。羊群碰上霉运了，开始的时候还有850只，现在只剩这些了。"

"你有妻子有家庭，活得很舒服，羊群所带来的利益也很可观。每天早上，你赶着羊群来到原野，呼吸新鲜空气，品尝美味的面包。你只要看好了羊群，便可以尽情投入大自然的怀中，聆听树林里的画眉歌声。我说得对吗？"

"原来是这样的。"戴维说道。

"我看了你写的全部的诗，"布朗先生说着，眼睛在书堆中漂洋过海，好像要从中发现一条船。"米格诺先生，请看那扇窗户外面，能看到树上有什么吗？"

"一只乌鸦。"戴维看了一眼说道。

布朗先生说道："这只乌鸦，能帮我逃过我本就想躲避的重任。米格诺先生，你了解这种鸟的，它是天上的思想家，对命运的顺从让它欢乐。谁都不如它快乐和满足，它的眼睛里充满神奇的想法，跳跃之中尽显欢愉。原野所产尽可填饱它的肚子，它从不为自己的羽毛没有金莺的美丽而忧郁。米格诺先生，你听到大自然赐予它的歌声了吗？你认为夜莺比它更快乐吗？"

戴维站起身来。树枝上，乌鸦沙哑地叫着。

"感谢您，布朗先生。"他慢慢说道，"不过，您就没有从这些乌鸦的叫声里，找到一句夜莺的歌声？"

"我不可能错过的，"布朗先生叹了口气，说道，"每一个字我都读过了。年轻人，去过你诗中描写的生活吧。不要再写了。"

"非常感谢您，"戴维又说，"我得回家去看管我的羊了。"

"如果你愿意的话，可以留下来和我一起吃饭，"这位博学之士说道，"而且我可以和你细细地说一下其中的原因，假如你能不在乎它带给你的伤痛。"

戴维说道："不用了，我要回家和羊群'呱呱'去了。"

在通往威尔努瓦村的路上，戴维用胳膊夹着那卷诗稿，步履维艰地走着。回到村里，他走进一家商店。开店的人名叫契格兰，从亚美尼亚来，是个犹太人。凡是弄得到的东西，他都会卖。

"伙计，"戴维说道，"森林里有狼在袭击我在山上放的羊，我要买把枪守着它们。你有什么枪？"

"今天真的是很糟糕，米格诺朋友，"契格兰张开双手，说道，"我要卖给你的枪，还不到原价的1/10。上星期一个小贩甩给我一批低价货，都是他从皇宫守卫那儿买的。一位贵族因为谋反被国王流放了，我不太清楚他的称号，他的庄园和所有的物品都被便宜处理了。这批货里有一些上好的武器。看这把手枪……天哪，简直都能给王子用了！米格诺朋友，只卖你40法郎，我亏10法郎，怎么样？但是你如果想买火绳枪……"

"就是它了，"戴维说着，把钱扔到了柜台上，"里面有子弹吗？"

契格兰说道："马上装，如果你愿意再付10法郎，还有备用子弹。"

戴维把枪揣在衣服里，回到了农舍。依凡出去了。这段日子她总去邻居家串门。厨房的炉子上还冒着火光，戴维敞开炉膛门，把诗稿扔进炉子里。诗稿上燃起火焰，在烟囱里沙哑地唱着诗歌。

"乌鸦的声音。"诗人说道。

他上到楼上自己的房间里，关上了门。村子里很安静，至少有20个人能听到手枪巨大的声音。人们围聚过来，登上吸引了他们目光的阁楼，楼里还在冒着烟。

男人们把诗人的尸体放倒在床上，笨拙地想要遮掩这只悲情的黑乌鸦那撕裂的羽毛。女人们絮叨着，对人的怜悯总是令她们享受。有的女人去找依凡了，告诉她这件事。

巴比努先生是最先到这儿的人群中的一个，他的鼻子还是那么灵敏。他捡起那把手枪，眼睛扫过枪上的银色镶嵌物，眼神中有鉴赏家的意味，又有一丝哀悼。

"从徽章和纹饰来看，"他对一旁的人们说道，"这枪是德比佩特斯侯爵大人的。"

迷人的侧影

小说讲述了一个守财奴的故事。一位富婆对一名年轻女子特别好,结果人们发现,原因竟然是这名女子长得和金币上的妇人头像特别像。

这个世界上能有几个女海里凡？女人们的喜好、感觉甚至声带的结构都已经注定，她们只能成为山鲁佐德。每一天，无数的维奇尔的女儿都在讲故事，对她们的苏丹讲一千零一夜的故事。但是，如果哪天不小心，就会有性命之忧。

以前听到过一个故事，故事的主角是个女海里凡。不过这可不是《天方夜谭》的故事，因为里面还有另外一个人，就是灰姑娘，她在不同的时间和地点扮演着自己的角色。如果你不怕时间上混乱的话，倒是可以和你说一说，毕竟这故事还有点儿东方韵味。

有一家很古老的酒店，它的木刻画在很多杂志上都刊出过。它位于纽约，建成时间是——我想想啊——大概是这个时间，那个时候，十四大街的外面还很荒凉，只有老印第安小路通向波士顿和海姆斯坦办公楼。这家老旧的酒店过不了多久就会被拆掉的，到那时，人们只能聚在路边，眼睁睁看着它倒塌的墙壁和跌落的砖块，为这座陨落的具有象征性的建筑伤心落泪。对于新巴格达，市民们有着极强的自豪感。在为酒店倒塌而哭泣的人们当中，有一个来自库不汀的人，他哭得最大声和难过。对于这家酒店，他记忆中最美好的一刻莫过于在1893 年，他被人从酒店里"免费午餐"的柜台前赶了出去。

麻吉·布朗夫人住在这家酒店。她看上去十分瘦小，大约 60 岁，穿一身黑色的款式最古老的衣服，手里拿的提包，一眼就能看出是鳄鱼皮的，出自那只被亚当称作短尾鳄的动物。她每次来都住在酒店顶楼，是那种每天两美元租金的套房，有一间卧室和一间客厅。

每次她在这住下后，就天天有很多男人来这儿见她，这些人看上去聪明而又满脸忧色，匆匆进去又匆匆离开，只待上几秒钟时间。听说这位麻吉·布朗夫人是位富翁，在世界上能排第三。来见她的那些脸有忧色的男士，是城里的商人和经纪人，他们很富有，而他们跑来见这位手拿远古提包、身穿老旧衣服的老女人，不过是为了五六百万的贷款。

阿克罗波利斯酒店（唉，还是说漏嘴了！）里有一位艾达·本茨小姐，她是酒店里的记录人员兼打字员。在她身上，你能感受到古希腊的气息。她的容貌堪称完美，有位老者曾经这样赞赏一位贵妇人，"爱她的时候，就好像在学习人文科学。"瞧，本茨小姐的背影，她的秀发，还有她白色的衬衫连衣裙，这就相当于学校里的一门课程啊。有时候我会找她打些字，她从来不先收钱，把我当成朋友一般，给予特殊待遇。本茨小姐十分善良，就算是染料推销员和皮毛商人也不敢对她有丝毫冒犯，如果有人胆敢越雷池一步，整个阿克罗波利斯，从维也纳的大老板，到已经躺在床上16年的搬运工，马上会全部冲出来护着她。

这天，我从本茨小姐那高贵的雷明顿打字机旁边路过，在她的座位上见到一个满头黑发的玩意儿——不用说了，肯定是个人，正在用食指用力地敲击着键盘。我一边继续走着，一边思考人生真是多变。

第二天，我告别酒店去度假了，有半个月左右吧。回来的时候，正悠闲地穿过阿克罗波利斯大厅，却看到本茨小姐还和过去一样，正在盖她的打字机。她身上依然有古希腊的气息，完美、善良，这让我感受到了温暖的"美好的过去"。该下班了，不过她依然请我进去，让我在她的椅子上坐了一会儿。本茨小姐跟我说了她不在阿克罗波利斯的原因，又说了为什么重新回到阿克罗波利斯。说的那些话就算不是和下面一字不差，我想也不会有太大出入：

"额，伙计，你的小说写得怎么样了？"

"还好吧,"我说道,"进度还算正常。"

"写小说打字很重要的,"她说,"对不起,我不在的这段时间里,一定让你觉得别扭了吧?"

"在我所认识的人当中,只有你一个知道该怎么把腰带系得漂亮、把分号标清楚、把客人招待好,还有怎么戴发卡好看。"我说道,"可惜那段时间你不在,你的位子上坐着一袋促消化酶。"

"如果你不打断我,"本茨小姐说道,"我正想跟你说这事呢。"

"你应该知道吧,麻吉·布朗总是住这儿。嗯,她的身家有4 000万。她平时住在新泽西州,那间小寓所只要10块钱,而且没热水也没有暖炉。她身上带着很多现金,就算六个竞选副总统的人身上的现金加起来也没有她带得多。我不清楚她是否会把钱放在了袜子里,不过我知道在那些唯钱是从的人当中,她是有相当的号召力的。

"大约半个月前吧,麻吉·布朗夫人站在大厅门口,探着头盯了我有10分钟。当时我正侧对她坐着,给一个唐帕努的和善老头儿赶铜矿的报价单,要打好几份。不过我在工作的时候,可以通过发卡看到周围的情况。为了看到我身后站着的人,我还可以不扣衬衫背后的一颗扣子。我一个礼拜能挣到18~20美元,我可没时间到处看,而且我也用不着那么做。

"那天晚上下班的时候,她让人请我到她的房间里去。我去的时候还在猜想,这次没准得有2 000字的账本、抵押文件、合同等着我打。而且小费我也可以想到是多少,顶多也就一毛钱。不过我还是去了。但是我想破脑袋也猜不到,老麻吉·布朗竟然变得讲起人情了。

"'姑娘,'她说道,'你是我这一生见过的最漂亮的人。别做你的工作了,来跟我一起过吧。我只有一个丈夫和两个儿子,但是没有联系,除此之外我再没有亲人了。对于一个热爱事业的女人来说,他们就是昂贵的包袱。我想要让你当我的女儿。人们说我抠门儿，报纸也造谣扯谎，说我自己洗衣服做饭。'她又说道，'我自己只洗手帕、袜子、内衣和其他这类的小物件，别的东西我都是让别人洗的。我的现金、股票、债券总共有4 000万，我所拥有的那些债券在教会的拍卖会上都很受欢迎，价值不比美国联合石油公司的债券低。我是个孤单的老女人了，我想要有人陪我。我见过的人里面，你是最漂亮的了，你愿意跟我一起生活吗？我要让他们瞧瞧，我到底会不会花钱。'她说。

"嘿，伙计，如果是你的话，你会怎么办？当然，我答应她了。并且，老实说，我开始对老麻吉有点儿好感了，也不全是因为她的4 000万或者她能给我什么。其实我也挺孤单的。任何人都想要一个可以倾心交谈的人，诉说肩膀如何疼了，聊一下漆皮鞋开裂之后就烂得快了。但是不能跟酒店里碰到的男人谈这个，他们就盼着这种事呢。

"因此，我从酒店辞了职，跟着布朗夫人走了。我绝对是有什么地方吸引她了，在我坐着看书或杂志的时候，她能凝视我半个小时。

"有次我跟她说：'布朗夫人，是不是看到我，让您想起了小时候的什么亲人或者朋友？我发现您总是在看我。'

"'是你的容貌，'她说道，'你长得太像我的一个好朋友了——最最要好的朋友。不过，我也是喜欢你本人。'

"你猜她后来都干了些什么？她简直是太慷慨了，花钱如流水啊。她带我找到一位顶级的服装设计师，为我定做衣服，花了大笔的钞票啊——钱根本不算什么。这些都加急制作，设计师把前门一锁，全体服装店的人都在为我赶制衣服。

"接着我们又去了——你猜我们去哪儿了？——不是，再猜一次——就是那儿——邦顿饭店。我们住进了一间套房，里面有6个房间，一晚上要100元，我见到账单了。我开始爱上这个老女人了。

"不久，为我定制的衣服陆续送来，啊，真是，我都没法跟你描述。你理解不了的。我改称她为麻吉姨妈了。你看过灰姑娘的故事吧？王子给灰姑娘穿上了那只三码半的Ａ型鞋子，现在想想，她那时候的感受，和我的比起来算什么啊。

"接下来，麻吉姨妈又说，她想要在邦顿饭店为我办一次酒会，庆祝我第一次进入社交圈。到那时候，第五大道上所有荷兰的名门望族都要求参加。

"我跟她说：'麻吉姨妈，我已经踏入社交圈了。不过我可以重新来过。但是您也清楚，这里是这座城市最好的饭店。并且——恕我直言——想要把这么多显贵聚在一起，不是件容易的事。难道您有什么好办法吗？'

"她说道：'不用担心，我给他们送的不是请帖，而是谕令。我找来了50位宾客。除了我，也就爱德华国王和威廉·扎维斯·基洛穆能把他们凑齐。这些宾客都是男人，他们都是欠着我钱或者想要借钱的。有的人不带夫人，但是大多数会带的。'

"那天你要是在的话就知道了。酒会上的餐具都是用金子或者刻花玻璃做的。不算我和麻吉姨妈，总共来了大概40位男士和8位女士。你肯定想不到世界上第三富有的女人是什么样子。她穿着一件黑丝长礼服，边上镶有金饰，发出的声音，就好像某天晚上我在楼顶小屋里和一个女孩子听到的，冰雹砸在房顶的声音。

"再看看我穿的衣服！唉，其实跟你说了也白说。蕾丝花边，纯手工制作，全部都是——这件衣服值300块呢，我见过收据了。那些男人不是秃顶就是白胡子，一说起三厘利息的债券，就全都口若悬河。他们还讨论了政客布莱恩和棉花。

"在我左边的听说话是个银行家,右边的人很年轻,他说他是一名美术工作者,在一家报社上班。只有他一个……哎呀,没想着跟你说他的。

"酒会散了之后,大厅里还有许多记者,我和布朗姨妈费了好大劲才挤过人群,回到房间。这只是金钱效果的其中一项。对了,你知不知道一名叫作莱斯诺普的报社美术编辑——个子很高,眼睛非常帅气,说话比较温和。啊,我忘记他在哪家报社上班了,算了。

"我们刚回到房间,布朗夫人就打电话要来账单,一看上边写着600块,她当时就昏了过去。我扶她到一张躺椅上休息,帮她把首饰摘了下来。

"她醒来之后问我:'姑娘,那是干什么的单子啊?是涨房费了还是加税了?'

"我说:'一顿晚餐而已,不用担心,那只是汪洋中的一滴水珠。来,坐起来,写张单子——付款单,要是不用其他方法的话。'

"可是,伙计,你能想到麻吉姨妈后面干了些什么吗?她吓坏了。第二天上午9点钟,她催促着我,匆忙搬离了邦顿饭店。在荒凉的西区,我们租了一个单间,房间里还没水没电。放眼望去,整间屋子里就只有那套1 500块的新衣服和一个单灶头的炉子。

"转瞬之间,麻吉姨妈就退回到了她以前的那种畏缩样子。或许吧,在自己的一生当中,每个人都会奢侈一把。男人们为了喝酒,女人们则是为了衣服。不过,如果有4 000万——老天,那会是什么场景——呃,说起场景,你有没有见过一个报社的美术编辑,他叫莱斯诺普,个儿挺高,啊,我问过你,对吧?那天在酒会上,他对我真好。我非常喜欢他的声音。我想他是看中了我会从麻吉姨妈那里得到点儿遗产。

"伙计,只做了三天的家务,我就已经受不了了。麻吉姨妈还是像以前一样疼我,从不让我离开她的眼睛。不过你要知道,她是个来自吝啬市吝啬村的吝啬鬼,一天的消费要控制在七毛五以内。我们自己做饭,就在那个房间里,我看着1 500块的新衣服,在单灶头的炉子上表演厨艺。

"我刚说过,第三天我就从那个囚牢里跑掉了。我再也无法忍受这种生活了,我穿着价值300块镶有瓦凉希花边的便服,却要去炖一毛五的腰子。于是,我从放在衣柜里的布朗夫人给我买的衣服里挑了一件价最低的穿上了——就是现在我身上这件——75块钱,还可以吧?我以前的衣服都放在布鲁克兰了,我姐姐的家里。

"我跟布朗夫人,也就是从前的'布朗姨妈'说:'我想要去活动活动腿脚,就是两脚前后一迈,然后这屋子就马上在我的世界里消失掉。我不是财迷,不过有些事情我还是受不了。就算是童话里会喷火和冰的怪兽,我都能容忍,但我不能容忍一个中途放弃的胆小鬼。'我说道,'人们都说你的家产值4 000万——呵呵,看来是永远不会变少了。我本来已经有些喜欢你了。'

"从前的麻吉姨妈拼命挽留我,甚至都流泪了。她跟我说要找一个有两个灶头还有自来水的房间,到那儿去住。

"她说:'孩子,我都花那么多钱了,这段时间咱们就少花点儿吧。你是我见过的最漂亮的人了,不要抛下我。'

"哈哈,你也看见了,我回来了。我直接回到阿克罗波利斯,重拾旧业。你说你小说写得怎么样了?少了我给你打字,你一定觉得很不方便吧。这次有图画吗?啊,顺带问一句,你认不认识一位报社美术编辑……哎呀,瞧我这记性,我刚才问过你了。也不知道他到底在哪家报社上班。有点儿好笑啊，不过我还是忍不住想，也许他那时脑子里并没有那些钱，又或许他就是像我那么想的，认为我会得到一些老麻吉·布朗的钱。要是我能认识几个报社的编辑，那……"

轻轻的脚步声从门口传过来，艾达·本茨小姐在发卡里看到是谁了。我看到，她的脸上布满了红云，此刻，她成了一座没有任何瑕疵的雕像——能与我分享这神迹的，只有皮格马利翁是希腊神话中的塞浦路斯国王，擅长雕刻。。

她对我说："不好意思，可不可以暂时离开一下？"此时，她又成为一个惹人怜的哀求之人。"是……是莱斯诺普先生来了。我不清楚他是不是因为钱才对我好的——我真的不知道，或许，他——"

他们的婚礼邀请了我，当然，我参加了。婚礼完成后，我拉着莱斯诺普来到一旁，说道："你是做美术工作的，难道你看不出为什么麻吉·布朗这么迷恋本茨小姐？真不知道？那我来告诉你为什么。"

朴素的白色礼裙在新娘身上向下延展，画出优美的曲线，透出古希腊的味道。我在大厅的一个花环饰品上摘下几片叶子，做成一个小花环，放在了母姓本茨之人那漂亮的棕色头发上。然后，我让她转过身，侧影对着她的丈夫。

"老天啊！"莱斯诺普喊道，"艾达现在的样子不就是金币上的女子头像吗？"

附录　欧·亨利大事年表

1862年9月11日，出生于美国北卡罗来纳州中部小城格林斯勃罗。

1865年，母亲去世。

1876年，进入高中。

1877年，高中辍学，到一个远房叔叔的药店里当学徒。

1882年，先到得克萨斯，做过牧羊人、厨师、婴儿看护员。

1884年，到奥斯汀找工作。

1885年，结识还在上中学的瑟尔·阿斯特斯。

1887年，与瑟尔·阿斯特斯结婚。

1888年，儿子出生后夭亡；父亲去世。

1889年，女儿玛格丽特·沃斯·波特出生。

1891年，在奥斯汀第一国民银行当出纳员。

1894年，花250美元买下了一家周刊，更名为《滚石》。他既当编辑又当出版商，自己写文章，自己作画；因为银行账目有问题而辞职。

1895年，成为《休斯敦邮报》专栏作者。

1896年，因为涉及当年供职银行账目问题被捕。

1897年，妻子因肺病去世。

1898年，以贪污银行公款罪被判5年徒刑，关在俄亥俄州哥伦布城监狱里。

1899 年，在《麦克吕尔》杂志上刊登《口哨狄克的圣诞礼物》。

1901 年，由于"表现良好"，被提前释放。

1902 年，移居纽约，以创作为业。

1903 年，负责《星期日世界》周刊。

1904 年，出版唯一一部长篇小说《白菜与皇帝》。

1906 年，出版小说集《四百万》，颇受欢迎。

1907 年，与萨拉·克里曼结婚。

1908 年，跟萨拉·克里曼离婚；出版《城市之声》。

1909 年，出版小说集《命运之路》。

1910 年 6 月 5 日，欧·亨利因肝硬化在纽约逝世，葬于北卡罗来纳州。